冰心

儿童图书奖获奖作家作品

我想变成一只蚕

品味人间亲情　感知世间冷暖
点燃生活激情　实现文学梦想

尹全生 编

成都时代出版社
CHENGDU TIMES PRESS

图书在版编目（CIP）数据

我想变成一只蚕/尹全生编.－－成都：成都时代
出版社，2014.9
（冰心儿童图书奖获奖作家作品）
ISBN 978-7-5464-1284-9

Ⅰ.①我… Ⅱ.①尹… Ⅲ.①小小说－小说集－中国
－当代 Ⅳ.① I247.8

中国版本图书馆 CIP 数据核字 (2014) 第 226471 号

我想变成一只蚕
WO XIANG BIANCHENG YIZHI CAN

尹全生　编

出 品 人　石碧川
责任编辑　李卫平
责任校对　张　巧
装帧设计　欧阳永华
责任印制　干燕飞

出版发行　成都时代出版社
电　　话　（028）86621237（编辑部）
　　　　　（028）86615250（发行部）
网　　址　www.chengdusd.com
印　　刷　三河市天润建兴印务有限公司
规　　格　710mm×1000mm　1/16
印　　张　12
字　　数　220 千
版　　次　2014 年 11 月第 1 版
印　　次　2014 年 11 月第 1 次印刷
书　　号　ISBN 978-7-5464-1284-9
定　　价　23.80 元

目 录

乔迁卷

赵文辉卷

凌鼎年，中国作家协会会员，世界华文微型小说研究会秘书长、美国纽约商务出版社特聘副总编、香港《华人月刊》《澳门文艺》特聘副总编，迄今在《人民文学》《香港文学》等海内外报刊发表作品3000多篇，800多万字，出版36本集子，主编170多本集子。作品译成英、法、日、德、韩、泰、荷兰、土耳其、维吾尔文等9种文字，16篇收入日、韩、美、加拿大、土耳其、新加坡、香港的大学、中学教材等海内外350多种集子。作品曾获世界华文微型小说大赛最高奖、冰心儿童图书奖、紫金山文学奖、叶圣陶文学奖、吴承恩文学奖、小小说金麻雀奖、中国微型小说学会年度一等奖等270多个奖。

凌鼎年卷

酒　酿　王

说起黄阿二的酒酿，古庙镇上的老老少少都会竖起大拇指，没有不说"呱呱叫"的。古庙镇人黄、王不分，大伙习惯喊黄阿二为"酒酿黄"，但听起来总像"酒酿王"。其实喊他酒酿王倒也不虚不谬，至少在古庙镇上，还没有谁做酒酿能做得过黄阿二的。

黄阿二做酒酿，不用大钵头，而是用小钵头。据说小钵头酒酿比大钵头酒酿难做，因此做酒酿小生意的，都习惯用大钵头，不敢轻易改用小钵头。单凭这一点，黄阿二就区别其他做酒酿买卖的。

古庙镇人只要一听郢吆喝就知道是"酒酿王"的酒酿来了。别人喊："酒酿，卖酒酿来——"，他喊："酒酿，小钵头甜酒酿来哉——"。酒酿王的嗓音很浑厚，有一种穿透力，能穿过门墙，撞入人们的耳膜。一年四季，春夏秋冬，都能听到酒酿王的吆喝，他那极有韵味的吆喝可以说已成了古庙镇的一道文化风景，或者说是一种民俗。

古庙镇的人偏好吃酒酿有些年历史了。来了客，端碗酒酿小圆子待客，既不破费多少，也还上得台面，那些老吃客十有八九认准酒酿王的酒酿，据他们说，一上口就能吃出是不是酒酿王做的酒酿。每每这时，黄阿二脸上就浮现出一种满足来，一种得意来。用他的话说，有老吃客的这些评价，比吃人参还补。

酒酿王的酒酿在古庙镇只嫌少，不嫌多，从来只有买不到的日子，没有卖不掉的日子。但黄阿二坚持每天只做三十小钵头，一小钵头也不多做，从无例外。通常他九点钟骑了黄鱼车笃悠悠也走街串巷，一路骑过去，一路吆喝过去。黄阿二常说：他做酒酿买卖，一半是为了能吆喝上这几声。只要每日里这么吆喝一嗓子，通体舒畅。若待在家里只吃不做，不吆喝，不出一个月保管憋出病来。黄阿二的酒酿常常是不到吃中饭就卖光了。下午，他或茶馆里坐坐，或澡堂池泡泡。用黄阿二的话说：皮包水、水包皮乃人生的两大享受，神仙也不过如此。天长日久，他有了不少茶友、浴友，每日里聚在一起，嚼起来没有啥话题避讳的。有位老茶友对他说："你的酒酿，牌子已做出了，生意这么好，何不多做点？"

"我只一双手。"黄阿二说了这话再不多言。

有位浴友替他出主意说："那请一两个帮手嘛，你还可过过老板瘾呢。只要指点指点，指派指派，人又省力，钱又多赚，这等好事别人想觅也觅不来。"

黄阿二默默半晌后说："我这人命贱，自己不动手做，比死还难受。再说了，自己做放心，做好做坏，心里有底。"

黄阿二依然那样不多不少每日里做三十小钵头酒酿。他的酒酿总比别家的甜，比别家的香，比别家的酒酿汤多，也不知他是如何酿的。问他有啥诀窍，他搔搔头说："能有啥诀窍，凭良心做，凭经验做。"其他，他就实在说不出啥了。

黄阿二的酒酿不论斤不论两，论钵头卖的，一小钵头一份儿，连钵头买也可，用锅用盆来倒回去也行。他的酒酿打出牌子不挑不拣，顺着摆放的次序拿，若要比比看，挑挑看，他就不卖。老主顾都知道，黄阿二的酒酿钵钵一样，无须挑挑拣拣的，否则，咋叫"酒酿王"。有时碰到孤老太孤老头，只要买一点点的，黄阿二就取出一把毛竹片刀来，把小钵头里的酒酿一划二或一划四，你这次拿回家称是这分量，下回买，准仍是这分量，从无短斤缺两的。古庙镇的人都说：如今像黄阿二这样信得过的生意人越来越少。

有次，有一公司的总经理来找他定做五十小钵头酒酿，说有批上海客户慕他酒酿王的名，点名要吃他酿的小钵头酒酿。公司准备连钵头买，钱可以预付。

黄阿二说："可以。但每天只有三十钵头，若要五十钵头只能分两天交货。"

那怎么行。公司总经理表示价钱上可以提高点。

谁知黄阿二说做五十钵头质量上就难保证了，只能一天三十钵头。要就要，不要拉倒，没啥商量的。

经理碰了一鼻头灰，心里一百个想不通，有钱不赚猪头三，这黄阿二死脑子一个。

黄阿二已六十出头了，他坚持从年初一做到年三十，一天也不歇，但一钵头也不肯多做，似乎多做了一钵头就会坏了质量，坏了名声。

听惯了黄阿二的吆喝，几天听不见，就有人问："酒酿王这两天怎么没来？"往往这话还在耳边，那"酒酿，小钵头甜酒酿来哉——"的吆喝声就传来了。

最近，连着好几日未听到酒酿王的吆喝了，仿佛生活中缺了什么。一打听，原来黄阿二病了。大家怪想念黄阿二的，几个老茶友、老浴友结伴前去看望他，进了门，大伙儿一起吆喝了一声："酒酿，小钵头甜酒酿来哉——"

黄阿二听后浑身一震，他撑起身来说："你们这一声吆喝，对我来说，比吃啥药都强，这不，病好了一半。"

斗地唿子的傻精

傻精是娄城乡下长江边七丫村人。傻精花甲年纪的人了，用他自己的话说，半截子身子入土的人了，可他依然烟不会，酒不会，女人不碰，麻将不碰。就有人说他，这样活着，嘴里淡出鸟来，傻卵一个！

傻精不在乎别人说他啥，只要自己觉着活得滋润就成。傻精别样笨，别样傻，可有一样他精得很呢，那就是捕地唿子、斗地唿子。地唿子是当地土称，其正规名称叫"鹌鹑"，是鸡形目当中个体最小的一种鸟类。近年人工饲养鹌鹑已很普遍，以致有人以为鹌鹑与鸽子、鸡鸭都一样是一种家养禽类。其实非也。鹌鹑以前向来是一种野生鸟类。冬天时，在长江边上的芦苇荡里，杂草灌木丛中，时有其踪迹，因其羽色灰褐，与泥土接近，一般不易发觉，待人走近，此鸟常发出一声唿哨，窜向远处，转眼不见，故而当地人俗称其为"地唿子"。地唿子的肉比鸡鸭鲜嫩，其斑斑驳驳色彩的蛋据说极补，因此就有人捕之食之。只是此鸟个小，精灵，捕之不易，也不像野鸡、野兔，捕一只是一只的价钱，因此很少有专捕地唿子的专业户。

傻精大概可算一个。傻精捕地唿子有其绝招。他或张巨网，或张三角小网，支好网，到夜晚，他锡锣一敲，那地唿子会争先恐后往他网里钻。他的本事是一眼就能看出哪片芦苇荡里有没地唿子，几乎从不空手而归。

这还算小意思，更绝的是，凡捕获的地唿子，他不但一眼能辨出雌或雄，还能辨出哪只善斗。

地唿子的特点之一就是雄性者好斗喜斗，就像斗鸡一样，此风明代时一度极为时髦呢。

傻精是看地唿子的眼睛，如果见其目有怒芒，他即择其驯养，一旦驯熟，这地唿子就身价百倍。

傻精有这本事，所以大家叫他傻精，所谓又傻又精，傻傻精精。

"文化大革命"中，傻精被狠批狠斗了一番，巨网三角网统统被队里没收，气得他大病一场。

改革开放后，饲养鹌鹑之风也刮到了七丫村，傻精被多家饲养专业户聘为了顾问。可傻精对人工饲养的鹌鹑没一只看得上眼，常很轻蔑地说："这些统统是肉鸟，像阉了的太监似的，没一点强悍之气。"

可能是环保的关系，如今的长江边上，已很难见到地唿子了，但难见到，不等于没有，功夫不负有心人，傻精还是能捕到目有怒芒的地唿子。傻精驯养后，把那地唿子置于绣袋之中，悬于胸前，与人赌胜。只是难寻斗手，傻精常常扫兴而归，有时只好让自家的几只地唿子互斗取乐。

去年，市里提出了弘扬地方文化，有人建议挖掘濒临失传的斗地唿子，说不定能吸引外地游人呢。

这一来，傻精被重视了起来。

前不久，市里举办文化节，文化搭台、经济唱戏，邀请了不少外商来经贸洽谈。也是未料到的，那些蓝眼睛高鼻子的洋人最有兴趣的竟然是观看斗地唿子。

傻精抖擞起精神，让一只名叫"楚霸王"的与一只名为"小泰森"的叫阵斗狠。唯见两只地唿子眼睛均有一圈血痕，仿佛要滴出血来。两只地唿子一到场中，互相怒视片刻后即扑棱着冲上去又抓又啄，那拼劲狠劲比之斗鸡有过之无不及，看得那些老外惊心动魄、大呼小叫的。最后那只楚霸王把小泰森抓得羽毛零落，啄得满头是血，那小泰森缩成一团，一声不吭，而那楚霸王振翅鸣叫，昂首在场中绕了一圈，极是威风。

其中有位德国的客商看得如痴如醉，他执意提出要购买那只楚霸王，并言明价钱只管开。

有人对傻精说，开个天价，宰他一刀，有钱不捞猪头三。

但傻精倔强地回答了两个字："不卖！"

弄得那位德国客商老大没趣。

后来连市里也有人劝傻精卖了算了。傻精的回答是："他养不活。如果他养得活，我送给他也肯的。"

傻精就是这号人，傻时傻，精时精。

寻找伯乐

皇帝是十三岁那年登基的。

儿时印象最深的就是骑马马。所谓骑马马就是由太监驮着在宫里爬呀爬的。

儿时的皇帝恨死了那些慢悠悠，死活不肯快跑的大小太监。他曾发誓：有朝一日登基后，一定要广征天下千里马，美美驰骋一番，过过骑快马的瘾。

当皇帝终于坐上龙椅后，他下了一道诏书：征集天底下最好的千里马，一旦选中，赐金千两，赐田千亩。

皇榜一贴出后，各地献宝马者络绎不绝，国道为之堵塞。

献马者都信誓旦旦，说自己所献之马乃真正的千里马，乃……

皇帝看得眼花缭乱，不知选哪匹好。

正为难之际，他突然想起韩愈老先生那著名的论断：世有伯乐，然后有千里马！千里马常有，而伯乐不常有！

皇帝想既然世有伯乐方有千里马，那先决条件岂不是得先寻找伯乐？如果找不到伯乐，怎么可能找到千里马呢？

皇帝茅塞顿开。

于是，皇帝的第二道诏书又发出了。

这回，是征集能相马的伯乐，并言明：凡伯乐者，赐金万两，赐田万亩。

此皇榜一贴出，各州各府选荐、自荐为伯乐的，更是蜂拥而至，京城竟人满为患。

那些被荐的伯乐与自荐的伯乐，都坚称唯他乃如假包换，无点滴水分的真伯乐。

面对成千上万的伯乐，皇帝一筹莫展。

到此时他才发现寻找伯乐比寻找千里马更难。皇帝恨恨地骂了一句："混账韩愈，这不是给朕出难题吗？"

皇帝冥思苦想多天，终于得一妙策：凡被荐者或自荐者都必须当庭交一篇《千里马论》，否则，一律杖出宫门。

这一招果然有效，竟吓退了不少冒牌者。

可才过了两日，又热闹了起来，一个个都手持《千里马论》，大摇大摆而来。

皇帝命人按《千里马论》中的论述按图索骥去挑选千里马，但没一匹善跑善奔。

皇帝气坏了，拷打那些伪劣的伯乐，刚一用刑，那些假伯乐、伪伯乐就招供了，说是出了高价，在市场上买的《千里马论》。

皇帝派人一查，嘿，摆摊出售《千里马论》的竟不是一处两处，着实让那几个笔杆子发了笔小财。

皇帝一气之下，把那些假伯乐、伪伯乐，与出售、贩卖《千里马论》的书生全都充军到了千里之外的蛮荒之地，以示惩处。

皇帝又一次陷入苦恼中。

当晚，他踱到了马厩，想亲自看一看马，识一识马。哪知，在皇帝眼里，这一匹匹御马，无不膘肥体壮，都有千里马之相之貌，实在辨不出哪匹比哪匹更好。

这时，有个弼马温式的小官斗胆建议：何不来一次赛马，分初赛与复赛两场，初赛比速度，复赛比耐力。如果既有速度又有耐力，岂不就是良驹了？再在良驹中优中选优，难道还怕选不出千里马吗？

皇帝一拍脑袋说："对呀，我怎么没想到这么简单的道理。好，明天朕下诏赛马。"

"弼马温"万万没想到自己的建议竟被皇上采纳，激动得差点晕过去。

皇帝临走时对他说："没想到你才是伯乐，走，随朕去领赏吧。"

第二天宫中传说：昨晚有一盗贼进宫作案，在搏斗中，被大内高手当场斩杀，但太监认出那盗贼竟是领过赏的"弼马温"。

有人认为此案可能案中有案，可惜最后不了了之。

皇帝寻找千里马、寻找伯乐的故事，依然热热闹闹……

非著名摄影家

石少丑，在他老婆眼里是个不可理喻的怪人，因为他几乎从来不干家务活，一天到晚只知道摆弄他的照相机。人家搞摄影，参加了省摄影家协会、中国摄影家协会，或者举办了摄影展，出版了摄影集子，最不济的也在报上或杂志上发张摄影作品吧。可他倒好，只有投入，从不见收获。为此，老婆常埋怨他。他呢，只当耳边风，依然我行我素。

石少丑搞摄影，和一般摄影家不一样，他几乎不拍风景、不拍名胜古迹、不拍新闻照。总之，他对春花秋月、靓妹帅哥都没有兴趣。他一年春夏秋冬，三百六十五天，天天照相机不离身，一到双休日、节假日，他就走乡串村，专门去拍那些别人不愿拍的人与物。诸如打铁匠、开锁匠、箍桶匠之类手艺人、手艺活。他对那些濒临失传、消亡的东西大有兴趣，常常拍了一张又一张，拍了一次又一次。譬如他拍摄打铁匠，就从铁匠铺开门，炉子生火开始拍起，直到如何把铁件烧红，如何锻打，如何淬火，如何成型，如何成件，一个环节也不放过，有时一拍就是大半天。他呀，兴致勃勃，乐此不疲，被拍的匠人反倒不好意思了。

渐渐，娄城各乡各镇的手艺人差不多被他拍了个遍，他一一整理，汇编成《360行集锦》。

有一次，他偶然在新华书店买到一本《老行当》。一个行当一篇文章，还配一篇插图。

石少丑对照了自己拍的照片后，发现还有几十个行当他没拍到，或者说这些行当在娄城已消失了，拍不到了。

此后，他一到双休日、节假日，就到周边县市，或跑到更远的乡村去拍那些正在消亡的老行当、老手艺人，如换糖担、转糖担、皮匠摊、铜匠担、钉碗匠、补锅匠、修棕绷的、弹棉花的，吹糖人、捏面人、唱宣卷、卖拳头、耍猴子、倒马桶、挖耳朵、拔火罐、捉牙虫的，绞面、点痣、关梦、扶乩、算命的，煤球店、石匠、染坊、鸬鹚捉鱼、卖老鼠药的，等等。

石少丑的出名带有偶然性。有次他在外地拍照，碰到了正在那儿采风的台湾摄影家谈修竹。两人一聊，竟聊投机了。谈修竹执意要来看看石少丑多年来拍的那些老照片。

谈修竹来到娄城石少丑家，当他翻看了那《360行集锦》后，激动地握住石少丑的手说："你做了件好事，做了件功德无量的好事！"

谈修竹说，这本老照片，拿到海外，至少值100万元，并问石少丑愿不愿出手。

这不是挖石少丑的命根子吗？石少丑当然不肯割爱。

谈修竹想想自己这要求有点过分，就不再坚持。临走，他建议石少丑到台湾去举办一个已消失正消失的老行业的摄影展，并愿意提供赞助，并在台湾出版《石少丑摄影集》。

石少丑不禁心动，但他提出：在去台湾办摄影展前，必须在娄城或省城先办一个"360行老照片展"。

谈修竹自然没有理由拒绝，两人约定：石少丑在娄城或省城的摄影展一结束，就安排去台湾展出。

石少丑兴致勃勃地去了常办摄影展、画展的市文化艺术中心，联系办摄影展的事。

中心的一位敖主任问他："你是中国摄协会员吗？"

石少丑说："不是。"

又问："你是省摄协会员吗？"

石少丑又答："不是。"

敖主任再问："出版过摄影集吗？"

石少丑老老实实回答说："没有。"

敖主任很抱歉地说："你连省摄协会员都不是，又没出版过摄影集，我们中心怎么可能安排你的个人摄影展呢？"言下之意：你凭什么来这里办摄影展？

石少丑很自信地说："先看看作品，再决定好吗？"说着从包里取出他整理的照片。

敖主任见他如此执拗，只好直说："不必看了，不是拍得好不好的问题，而是你还没有取得办个人展的资格。如果阿猫阿狗都来办这个展那个展的话，那文化艺术中心岂不与野鸡画廊一样，还有什么档次？"

口口相传，石少丑想办摄影展的事文化圈的都知道了，有人说他不知道自己几斤几两，说他拎不清行情……

石少丑的倔劲上来了。

他带着照片去了上海的出版社，出版社的伯乐一眼就相中了这些照片。那位编辑当场题写了"纪录三百六十行，追寻消逝的历史踪影"的题词，说要请名家书写，配发在集子里，还说将以最快的速度出版，稿费从优。

在写作者简介时，石少丑坚持写上"民间非著名摄影爱好者"。

有这样一位征婚者

　　《娄江晚报》的发行量已超过百万份，其影响之大也就不必说了。

　　因为发行量大，覆盖面广，报纸的《鹊之桥》栏目很是红火，靓女俊男、款爷富婆都爱在这上面登台亮相，寻觅自己的另一半。

　　这征婚启事十有八九是模式化的，不过偶尔也有让人眼睛为之一亮的。这不，有一条女性征婚启事就颇吸引人眼球。"某女，容貌靓丽，气质高雅。奔三年纪，硕士毕业，私企总裁，有车有房。欲觅有事业心、有爱心之男子，但必须以前不谈、不看足球，以后亦不谈、不看足球，否则，免谈！"

　　这个启事一登，读者立时议论纷纷，议论的焦点自然是最后两句关于足球的。

　　说实在的，如果不是有最后两句，这个某女定是个香饽饽。你想想，私企总裁，有车有房，这不是个富婆吗？三十不到，长得又好，到哪去觅呀。只是不谈、不看足球太让人那个了。要说不谈、不看足球，也不是做不到，但此话传出去，脸面上不好看。现在的行情，不谈、不看足球的男子，似乎就不是一个真正的男人，即便从心里不喜欢足球的，也要装着喜欢足球，免得别人把自己看轻了。现在为了一个女人，要承认自己不谈、不看足球，还要保证以后不谈、不看足球，这不有点雌化了吗？岂不要让朋友们嘲笑？！

　　大概这个原因吧，某女魏总裁的这个征婚启事登出后，竟没有哪个男的主动去联络她。

　　据报社负责《鹊之桥》栏目的编辑统计，凡上了这栏目的，多的收到几千封求爱信，少的也有几十封，平均几百封，像魏总裁的零记录是破天荒的。这位编辑很负责，经反复筛选，把一位书生气很足的华作家介绍给了魏总裁。当她了解到华作家为了创作，延误了谈情说爱，认为这是个有事业心的男子，就同意了见面。魏总裁对华作家的第一眼印象还不错。

见面后，魏总裁说："你是作家，那我请教你一道菜：一只咸猪爪加一块臭豆腐，这盆菜叫什么菜名？"

华作家自认为自己是半个美食家，但他实在想不出这算什么菜。他绞尽脑汁想了半天后说："不可能有这种菜，这两样东西配不到一块呀。一只咸脚爪，一块臭豆腐，又咸又臭，算什么名堂，这菜咋吃？"

魏总裁见华作家极为认真的样儿，心里有点乐。她突然问："你真的从不看足球吗？"

华作家到底是作家，这轻轻一点，他即刻开窍，笑着问："是不是臭脚？"

魏总裁和华作家两人笑得一点拘束与隔阂也没有了。

仅仅半年时间，魏总裁就嫁给了华作家。

两人的婚礼没多排场，但媒体注意上了他俩，特地发了专版，网上还有他俩旅游结婚的照片，很是炒了一把。

不知是不是媒体炒作的关系，他俩新婚后不久，竟有一家网站来约稿，要求华作家对足球发表点个人看法。这不是哪壶不开提哪壶吗？华作家连忙向老婆请示。魏总裁脸色一沉说："谈什么谈，难道谈臭豆腐炖猪爪吗？"

华作家想想也是，坚决地谢绝了约稿。

结婚三年多后，魏总裁病倒了，医生一检查，说是胰腺癌，说这病拖不了多长时间，要华作家早作准备。

华作家不敢瞒老婆。

魏总裁知道后，考虑了一天，写下了遗嘱，并叫来了公证员要求公证。

华作家万万没想到，魏总裁的遗嘱要把她的遗产悉数捐出来，成立一个"足球新苗培训基金会"。

魏总裁过世后，华作家在整理她遗物时，发现了一大包有关足球的资料，以及一只某位国脚亲手签名的足球……

华作家终于写出了第一篇有关足球的小说，据说读者一致反映：这是华作家写得最成功的一篇作品。

娄城一怪陆慕远

娄城的陆慕远家世代行医，父亲为坐家郎中，特别是看妇科，为娄城一绝，诸如血崩、血晕、痛经、倒经、闭经、月经不调、经行头痛、宫颈糜烂、产后出血、产后腰疼，以及婚后不孕、宫外孕，等等，自有一套祖传秘方、看家本领。

陆慕远承父业后，除了研读妇科秘方外，还看了《黄帝内经》《本草纲目》《神农本草经》《医宗金鉴》《千金方》等一系列古医书，没想到看得越多，他越不满足。

后来他听说了西医，竟对西医发生了兴趣。父亲对西医很不以为然，认为中医源远流长，有一两千年历史，西医充其量不过一两百年历史，西医打针，治表不治根，怎能与中医匹敌。父子俩常为此争得面红耳赤，谁也说服不了谁。

当时正值鸦片战争惨败，举国上下悲恸，促使维新思想抬头，受维新思想影响的清王朝恭亲王奕䜣决定创办外语学校同文馆，用以培养自己的翻译人才，造就一批精通西洋的高级官员与高级技术人才。

陆慕远听说后，毅然去外语学校同文馆报名。

这可把他老父亲气坏了，如此自作主张，好好的中医不学，去学什么西医学什么西洋鸟语，这不是自砸祖传的招牌吗？只是儿子大了，年轻人的事终究是拦不住的。

不久，陆慕远成了大清朝头一批出国喝洋墨水的。出国后的他大开眼界，见到了许多见所未见的西药，看到了许多闻所未闻的医疗器械，这更坚定了他中医、西医各有所长的观点。

三年后，陆慕远从英国学成回来，成了娄城第一个会说洋话的留洋归国者，自有一帮年轻人推崇他，把他视为楷模。

在朋友们为陆慕远的接风宴上，有人让他谈谈域外见闻。

陆慕远想了想说：最有意思的是"肾衣"。此乃17世纪末英国医生康德姆发明的，用羊肠外膜制成，戴上了可以不生孩子。

在座的好多人没听明白，陆慕远就伸出大拇指做比画，还把那玩意儿套了上去……

一桌人听得津津有味，认为洋人的鬼脑子还真灵。大伙儿说笑一通，开些无伤大雅的玩笑后，带着"肾衣"这新词儿散去。

再说陆慕远回娄城后，开了个陆氏医馆，竟悄悄地推行起肾衣。

此事传出去后，首先遭到陆慕远父亲的反对，老父亲恨恨地说："你学鬼话，放洋屁，我都忍了。但你怎么能教唆人用肾衣呢？古语云：'不孝有三，无后为大。使人绝嗣，罪莫大焉。'你三思而后行，不要弄得群起而攻之，在娄城无立足之地。"

陆慕远并不与父亲争执，依然我行我素。父亲怀疑他是否喝洋墨水喝坏了脑子。

陆慕远万万没想到最大的阻力竟来自自己的家，他的结发妻子见陆慕远房事要用肾衣，一百个不情愿，一百个不同意，哭成泪人儿一个，她把夫君视为怪物，后来索性赌气跑回了娘家。娘家问她出了什么事，她不好意思直说，只指责陆慕远为娄城第一变态人，指责他喝了洋墨水后，学坏了。

陆慕远也不自辩，依然不遗余力地推广着"肾衣"。

事实是最好的说明。那些家中生了三个四个，负担日重的，尝到了甜头后，都相信起了肾衣。有人不好意思自己来陆氏医馆索要，就托朋友来买肾衣。慢慢的，用肾衣在娄城不再是什么见不得人的事儿，甚至成了某些中年夫妇的压箱之宝，传给新婚孩子呢。

关于陆慕远医生，老派的说他坏就坏在吃了洋面包，喝了洋墨水，整个人变怪了，怪得离谱；新派的说保不定日后要为陆慕远医生竖块碑呢，但也只是说说而已。

补记：

娄城如今是与日本国挂钩的全国计划生育试点县市，日本国有一"人口生育数量与质量课题组"的研究报告认为：娄城计划生育有历史渊源，可追溯到清代的陆慕远，陆慕远功不可没……

蓝 色 妖 姬

卜重文吃过年夜饭，想到自己竟是五十岁的人了，很是感叹人生之快。若在旧社会，说得难听点已是黄土埋到脖子根的人了。

想到这儿，卜重文真是羡慕那些年轻人，他们是生逢其时啊。看看，转眼 2 月 14 日就到了，不少商家都在为情人节推波助澜，那些年轻人又可玩一回浪漫了。

卜重文虽五十了，但思想还不算老派到顽固，他对年轻人最多是嫉妒，并不反感。他对情人节也颇关心，甚至对玫瑰花的行情也或多或少有些了解。

去年情人节晚上，他无意间瞥见邻居张总买了一把玫瑰进了金泰小区。据卜重文了解，这张总论年纪比自己还大两岁呢。情人节夜晚持花不往家走，却去了金泰小区，这里大有文章啊。卜重文说是没说，不过此事对他触动很大。

情人节前，卜重文已在开始关心玫瑰花的价钱了。他去看过黑丝绒玫瑰，只5 元钱一支，但到 2 月 14 日那天，恐怕 15 元也不一定能买到手。他记住了花店的那些促销广告语：一朵玫瑰是我心中的唯一，两朵玫瑰是成双成对……十朵玫瑰是十全十美，十一朵玫瑰是一心一意。

卜重文下决心今年也买一束玫瑰花，送给他心仪已久的萧雅韵老师。萧老师是儿子高中时的班主任，因家访认识的。萧老师刚四十出头，浑身洋溢出一种成熟女性的美，丰满、白净、大方、典雅，要气质有气质，要风度有风度，卜重文咋看咋喜欢。

说句心里话，萧老师对他儿子确实尽心尽职，终于使这调皮的孩子考进了苏州大学计算机系。为了儿子,这三年来,卜重文没少与萧老师联系。开始只是淡淡地接触,慢慢卜重文有了一种渴望与萧老师联系、与萧老师见面的冲动。自去年9月份儿子考上大学后,就没再与萧老师联系,见面也无充足的理由。这联系一少,再美好的东西也会随风而去。卜重文下决心今年2月14日时买一束玫瑰花,送给萧老师,借以表达一下自己埋藏心底的这份感情。不管萧老师接受不接受,这情人节实在是个机会,这个机会错过了,以后更难开口了。

卜重文从报上见到,情人节的玫瑰最上档次的是蓝色妖姬,预订是80元一支。买几支呢?卜重文考虑来考虑去,准备豁出去买11支,实打实就是880元,这确乎贵了点,但如果这一束花能俘虏萧老师的心,那也值。

卜重文不敢白天去买蓝色妖姬,怕被熟人看见。晚上下班后,他一直转到天黑,才进了一家"依恋花店",一看蓝色妖姬仅剩最后一束,已扎好,一束十朵。十朵就十朵,十全十美,好口彩嘛。卜重文还价到600元买了下来。

卜重文拿了花一走出"依恋花店"才感觉到那一束蓝色妖姬就像一枚炸弹似的引人注意,不少路人都盯着他看。他感到那眼光里有许许多多的疑问,好似在说:这老家伙,还赶时髦装酷找情人呢……

卜重文知道今天拿了这束花是绝对不能去叩萧老师家的门的。想了想,他发了一个短信给萧老师。他这样发的:"萧老师,为感谢你对我儿子三年来的关照,我想请你到五福园茶室喝茶,请回信。"然而等了一刻钟,仍不见回音,是她手机关了?是她手机没电了?或者她吓着了,不敢回信?

怎么办呢?卜重文拿着蓝色妖姬在街上逛来逛去没了方向。他鼓起了勇气,拨通了萧老师的手机,手机响了好几声,可没人接。卜重文估计萧老师像接了个烫手山芋似的那种心情,但他终究不死心,耐着性子等回音。突然一个男中音:"喂,哪位?"这着实吓了他一跳,顿时心怦怦乱跳,还好,急中生智的他说:"马经理吗?"一听对方说打错了,卜重文连忙说对不起,挂了电话。

卜重文想把花扔掉,想想又不舍得,毕竟花了600元钱买的。拿回家,送给老婆吧,给她一个意外的惊喜,说不定她激动得搂住自己热泪盈眶呢。

卜重文推门进去时,老婆已在看电视了。一见老公回来,脱口说了句:"哟,太阳从西边出来了,一把年纪了,玩起浪漫来了,是不是玫瑰花打折,你捡便宜买的?"

"这是蓝色妖姬，30元一朵呢。"卜重文见老婆如此小看他，有些不快，说出了实价。

他老婆没见过蓝色妖姬，但正好刚才从电视新闻里见到蓝色妖姬受年轻人青睐的报道。她一看果然是蓝色妖姬，马上说道："一把花，800元呢，你有病呃，你倒买得下手，有800元钱，你就不能给我买件衣服，真是的。"卜重文很懊悔把蓝色妖姬带回家，他把花插在了花瓶里，说："花店老板一折80元卖给我的，过了今晚这花就一钱不值了。"

老婆脸上这才有了点笑容，笑嘻嘻说："我就知道，像你这种人，叫你出800元买一把花，怎么可能呢。骗老婆你还差了点，想骗过我，早呢。"

美 与 丽

美与丽几乎是同一时间进入凤中商店的。在古庙镇，凤中商店算是最大的百货商店了。

美和丽一个修长，一个丰满，在小镇上都算是美人了，人称"凤中商店的一对姊妹花"。

自从美与丽来到凤中商店后，这店里的营业额竟有了上升。据说有人就是冲着美与丽才去凤中商店买东西的。

古庙镇最大的企业是凤中纱厂，是爿近百年老厂，镇上人都以能进凤中纱厂当工人而骄傲。

为何？

吃国家粮呀，月月拿工资，只晚时辰不晚日子，在小镇上到哪儿去找这铁饭碗。

因纱厂女工多，来凤中商店的自然女顾客多。不过，美和丽注意到常有两个帅小伙来店里逛逛看看，买点吃的用的。

这两位小伙子极少有单独来的，常结伴进店，同进同出。

时间长了，美与丽知道了他俩一个叫建家，一个叫利国，都是凤中纱厂的维修钳工。这男性维修钳工在厂子里是很吃香的，往往是女工们追逐的对象，他们通常眼睛都长在额头上，都是让那些女工们宠出来的嘛。

大概这原因吧，开始建家与利国很傲的，来凤中商店神气得像大总统，或许见美与丽并不把他俩当回事，那股傲气渐渐也就消了。

其实，美与丽一直很注意建家与利国，曾无数次评论过他俩。

美欣赏建家，说他实在，是个居家过日子的主，将来不说是模范丈夫，至少是一个好爸爸。理由是建家买东西心很细，哪怕一点点瑕疵也休想逃过他眼，算账又快，四舍五入精着呢。

丽认为利国是个人物，看起来比建家木讷一点，买东西很少挑挑拣拣，那吃的东西是新是陈，是干是湿，价钱划算不划算，他似乎都不在行，也不在乎。

一回生，两回熟。两年下来，小镇上抬头不见低头见，也就成了熟人，又年岁相当，一来一往就黏乎上了。

美倾心于建家，丽钟情于利国，各有所好，各得其所。两对儿都发展得很好。

所谓男大当婚，女大当嫁，又一年后，美嫁给了建家，丽嫁给了利国。

同一年元旦办的婚事，成了古庙镇上嚼了好一阵的话题呢。

居家过日子无非盐油酱醋，哪有多少花前月下的浪漫，套用时髦话就是"一起慢慢变老"。

建家果然没让美失望，这个家长当得有模有样，等美生了孩子后，甚至连买菜烧饭也给建家全包了。美对自己的老公很是满意，认为打不了 95 分，打个 88 分是绰绰有余的。

在美眼里，丽属看走眼了。这利国人倒也长得一表人才，可家务活几乎都拿不起来，最大的本事是捧着本书看呀看，拿了支笔写呀写，唯一的好处，利国对吃对穿都不讲究不挑剔，晚上也很少出门。

丽慢慢也习惯了这生活。

有时，美无意中会对丽流露出某种惋惜，意思是你千挑万挑，挑了个书呆子。

丽并不生气，只淡淡地说：利国心气大着呢。

美不接嘴，但一脸蔑视。

所谓白驹过隙，转眼两家的孩子都进高中了，美与丽也都人到中年了。

美觉得今天是昨天的翻版，觉得老公像个家庭妇男似的，就那点出息。反观利国，竟被他写出了名堂，先是一个中篇在省城的刊物上发表，后来又被改编成 16 集电视剧，据说光稿费就拿了十万多元，再后来，利国的名字时不时见诸报纸刊物，连电视台也来采访他了，电视里还说利国有个贤内助云云。

　　这一比较，美越发觉得建家成了个窝囊废，但好在丽很低调，好在建家一直对她很好，美也就闷在肚里不声响。她记起了丽说过的：利国心气大着呢。说不定名气越来越大的利国要抛弃糟糠之妻，想到这，美似乎有了些许安慰。

麻将老阿太

在康乐小区，提起麻将老阿太，几乎没有人不知道的。一说起她，都竖起大拇指说："这麻将老阿太好本事，佩服佩服。"

这麻将老阿太今年99岁了，但照样天天搓麻将，像上班似的，一天不缺。每天吃过中饭，她就不要人陪不要人挽，自个儿来到了小区的棋牌室。她也不在乎跟老头老太搓，还是跟年轻人搓，只要有得搓就成。不到五点，决不回家。

在一般人想象中，99岁的老人了，肯定手脚不灵，思维迟钝，十来九输。其实，麻将老阿太多年来一直是赢多输少。小区的人都说她搓麻将搓成精了。

照理，像她这种麻将高手，一般搓麻将的谁肯与她搓？与她搓，不是明摆着输钱给她吗？但偏偏大家都愿意陪她搓。

一则是她牌风好，从无老千之嫌，也容不得谁背后做小动作，再巧妙的作弊，诸如"童子拜佛"、"借尸还魂"、"偷梁换柱"、"龙头凤尾"、"顺手牵羊"、"脱鞋抬轿"、"指鹿为马"等手法，都逃不过她眼睛。二则她输了爽爽气气给钱，赢多了还会请客吃点心。因为她图的是开心，并不在乎钱是进是出。

去年春天，"非典"肆虐，小区的棋牌室都停了，麻将老阿太没地方去搓麻将了，一整天，手不知往哪儿放，脚不知往哪儿抬，真正是度日如年，比死还难受。

以前每天搓麻将，一搓就是四五个小时，也不见她喊腰酸背痛，偏休息在家里了，反倒这儿不舒服，那儿有酸痛了，最后躺倒在了床上，脸色一天比一天差。

她孙子每天上班前下班后第一件事是要摸摸老阿太额头有没有发热，假如温度超过 38 度，就有"非典"之嫌，就要隔离，那可不是开玩笑的。

麻将老阿太见"非典"十天半月不会过去，就有气无力地对孙子说："你们为我准备后事吧。没有麻将搓，我这样干躺着是躺不了几天的，还是让我早点去吧，那边有好几位麻将搭子在等我呢。"

小辈们商量后，唯一的办法是轮流来陪老阿太搓麻将。好在那一阵，也没什么出差等，子孙辈们都在家。

一听有麻将搓，她老人家像注入强心针般，立马活了过来。

9 月份后，"非典"算是过去了，麻将老阿太急不可耐第一个去了小区的棋牌室。

天太热，棋牌室的电风扇从早到晚哗哗地吹着，年轻人恐怕也要吹出毛病来，何况 99 岁的老人。老人开始有了咳嗽，又发热，这可把家里人吓坏了，毕竟"非典"的阴影还在。

家里人连夜把老阿太送进了医院。医生也挺紧张，马上隔离，还算好，经检查是老年性肺炎。

老人的新陈代谢慢，肺功能恢复慢，这一住又是一个月。麻将老阿太难过啊，她直叹自己命苦，说这住院与吃官司没有什么两样。

老人住院，总不见得小辈到医院里陪她搓麻将吧，商量来商量去，孙子想出了一法，把电脑摆到了病房里，教老阿太在电脑上搓麻将。

麻将老阿太不愧为麻将老阿太，学了几天竟然能移动鼠标搬动那些麻将牌了。

等出院时，麻将老阿太已能在电脑上自娱自乐玩麻将了，那些医生、护士都佩服得五体投地。

出院第三天，麻将老阿太就吵着要去小区棋牌室。小辈们不许，叫她在家里玩玩电脑搓麻将算了。

麻将老阿太说："那等于嗜酒的没得酒喝，只好用酒精兑水，解解馋而已。不行，不行，现场搓才有气氛。"

孙子说："你一把年纪了，万一有个三长两短怎么是好。"

麻将老阿太笑着说："假如我喊一声'杠头开花'或者'自摸清一色'，脑充血一脚去，那是最大的幸福。你看看，楼上张家婆瘫在床上一年了，活受罪啊。"

麻将老阿太不听劝，每天依然上班样去搓麻将。

元旦一过，麻将老阿太照例又上班似的准时出现在棋牌室。那天搓到五点快歇手时，她把牌一摊，开心地叫了声："和了！"随着这一声喊，她身子突然趴在了台上，麻友们抬起她头，发现已没了呼吸。

麻友们都说："麻将老阿太福气好，羡慕不来。"

麻将老阿太火化那天，小区的麻友能到的都到了，每人在麻将老阿太遗体边放一只麻将，结果136只牌一只不缺。这副麻将牌自然成了老阿太的火化祭品，想来麻将老阿太九泉下也会笑出声来。

走出过山村的郝石头

郝石头漫无目标地走在大上海的街头，此时已近 12 点钟。要知道这是晚上 12 点钟，要是在家乡，在自己的村里，早睡得如死猪一般，除了偶然的狗吠，全村响动儿全无，除了偶尔的流星划过夜空，有那么一亮一闪，全村没一点星火。

习惯早睡的郝石头今夜说啥也睡不着，更确切地说，他还不知今夜睡哪儿呢。来上海已第三天了，可工作还没着落。那带出来的几张皱皱巴巴的百元钞票，原以为是一笔多了不得的本钱，可在上海，这钱简直都当茅厕纸用了，太不经花了，就这么三花两花就用得差不多了。

如果再找不到工作，明后天开始就只能喝西北风了。

本来，这一天跑下来，也够腰酸背痛的了，说什么晚上也得美美睡上一觉才行，可住宿费比乡下送礼金还贵，简直就是明抢嘛。郝石头不舍得那钱，自己身子骨哪有那么金贵，找找看吧，随便找地方凑合一宿算了。

本来郝石头想在一高门大户的门洞子那儿歇一歇乏，哪想到刚躺下，才进入梦乡，就被一个穿制服、拿警棍的喊醒了，那人凶神恶煞地不让睡。不让睡就不睡，也用不着像抓贼抓强盗那么凶吧？我郝石头又不是坏人，只是少几个钱。哼，你有钱就了不起！

郝石头只好没方向地朝前走呀走呀。郝石头真闹不懂，这上海人白天下不下地，上不上班，怎么半夜时分了，那些宾馆、酒店还有人进进出出，那些茶吧、咖啡吧，什么吧的还灯光闪烁。

郝石头走过一家大酒店时，透过玻璃，见里面的男男女女，正喝着吃着，笑着唱着，快活得像神仙，也不知他们的钱是哪儿来的。郝石头开始感到肚子咕咕地在叫了，他真想大摇大摆跑进去，冲着那些七仙女似的服务员喊一声："来四个馍馍，两卷烙饼，一碗糊涂汤，一碗红烧肉！"吃他个喉咙打嗝，嘴角流油。可这只是郝石头此时最大的愿望而已。郝石头口袋里那几张碎票子，快被他捂热揉烂了。

郝石头咽了咽口水，又百无聊赖地往前走着。走到一片草地，他实在走不动了，就在草地上坐了下来。郝石头发现那草长得真好，油绿油绿的，又矮又壮，比村里那麦子壮实多了。

此时的郝石头多想在这软软的草坪上睡一觉啊，可他不习惯那刺眼的灯光，在家里睡觉从不点灯的，从小的习惯，难改。郝石头注意了一下，好家伙，这一片草地上，一盏一盏的灯，好多呢，照得整个草坪像白天一样。郝石头想想真是生气，自己家里，自己村里，不要说电灯照草了，就是晚上多开一会儿灯，父亲就会骂他败家子。可这城里，一盏又一盏的灯，不照人不照路，却照这没用的草地，这不是钱多了没花处是啥，这些城里人让钱烧得脑子都怪了。郝石头越想越来气，越想越不平衡，他飞起一脚把一盏灯踢坏了。这一踢，郝石头觉得前所未有的解气，好痛快啊。他索性一不做，二不休，把草坪上的地灯、灯箱广告上的玻璃一连踢碎了十几处。正当兴头上时，来了几位巡警，一下用手铐铐住了他。此时的郝石头如梦初醒，当他见手上多了一副冰冰凉的手铐，他吓出了一身冷汗。

郝石头被带到了一处有警察的地方，有警察问他叫什么？他老老实实说叫郝石头。审讯的警察冷笑一声说：还好石头呢，分明是块坏石头！

警察又问郝石头为什么搞破坏？

郝石头一脸冤枉地说："我没搞破坏，我干吗要搞破坏？我是看那灯照草，太浪费，看不过，我是……"

郝石头的话让警察哭笑不得。

郝石头被关了几天后，被遣送回原籍。

回到家的郝石头算是开过了眼界的人物，他告诉村民，上海人用灯晚上照草……

　　村里人都不信，说郝石头吹牛不打草稿，甚至有人说：郝石头出去了一回，别的没学会，学会了吹大牛。

　　郝石头用蔑视的眼光瞥了一下村民，吐出一句让大家吃惊的话："你们这群土鳖子！"

海 仙 人

海仙人姓海，这姓不多，早先在田里做得动时，村里人都喊他海叔，做不动后，他住到了城里大儿子家里。开始这日子一天天过得蛮快，海叔在乡下苦惯的，吃穿都没啥要求，图个太平就心满意足了。哪知儿子的那爿厂垮了，闹了几次，最后来了个工龄买断，厂里给了两万多元，从此就死人不管了。这两万元够啥用。从这后，媳妇对海叔的态度就起了变化，时不时怪声怪气说几句，无非是白吃饭、养不起之类。海叔文化没有，锣鼓听声、闲话听音总会的吧。他知道媳妇在嫌自己了，就去与小儿子商量，想搬到小儿子处住。小儿子有点勉强地答应了。

海叔仅仅在小儿子那边住了半年，小儿子的老婆被转制后的老板炒了鱿鱼。女人没了工作，心境自然不好，天天在家闲着，那嘴就碎了，时不时说些不中听的话，那意思海叔是扫帚星，进了哪家门，哪家就倒霉。

常言道"冷粥冷饭好吃，冷言冷语难受"，海叔实在听不下去了，还好他还有个女儿也嫁到了城里，女婿还是一家公司的经理，条件滋润着呢，养个老丈人，其经济实力是绰绰有余的。

女儿倒蛮爽快，二话没说就安排老父亲住了下来。不知道是不是巧合，自从海叔住进女儿家后，其女婿的生意就不顺，不是刚进货就跌价，就是货款收不回，一进一出，弄得资金周转不灵。女婿年纪不大，迷信思想不轻，他认为是丈人老头给他带来了霉运。他说要转转运，唯一的办法是让老人住出去。巧的是夫妻俩在商量此事时，无意中让海叔听到了。海叔是个要强的人，一气一怒之下，不需女婿下逐客令，第二天就收拾了几件衣服，头也不回地走了。

海叔走后，就在鹦哥桥的桥洞里安下了身。这鹦哥桥是座元代的三孔石拱桥，现水面窄了，只一孔有水，有拾荒的占了一个桥孔，海叔也占了一孔。看样学样，海叔每天背着一只蛇皮袋去拾废纸、酒瓶、易拉罐等，换几个小钱，维持日常开销。

自从住到桥洞后，海叔再也不刮胡子、不剃头发了。不知是否营养不良的缘故，还是心境不快活的缘故，仅一年时间，海叔的头发全白了，胡子也白了。几年下来，海叔那一把白胡子白头发很是与众不同，若夜色里碰到，还以为碰到白无常呢，保不准三魂吓出两魂，娄城人对海叔避而远之。

也是海叔时来运转，有天省城一导演在娄城觅景时，无意中撞见了海叔，他突然产生了灵感。他拉住海叔问："想不想挣笔钱？"

这还用问？就这样，导演让海叔洗了个澡，换了身衣服，拍了一个肾药的广告。不期由于海叔那一头银发与白胡子，很有点仙风道骨的味道，广告拍得极其成功。据说那肾药销量一下子上去了。

这后，又有上海与外地的广告策划公司来请海叔拍广告，海叔的身价也越来越高。七八只广告一拍后，海叔比娄城的一把手名气还大呢，娄城人都改口叫他"海仙人"。当然，海叔已不必再住桥洞了，他买了房子，有了存款。有人考证出：海叔之所以瓦片翻身，是因了住了那桥洞。因为那鹦哥桥，原名因果桥，因果因果，这中间有因才有果，所谓吃得苦中苦，方为人上人。后来，有些想发财之人也去鹦哥桥洞里住上一宿或坐上半天的，可就是不发迹。此乃后话。

海叔鸡毛上天后，自然使得他大儿子、小儿子与他女儿女婿羞得无地自容。连日来，今天大儿子上门请海叔去他家住，明天小儿子上门请海叔去他家住，后天，女儿女婿跑来请他去他们家住，海叔笑笑说：我有自己家，哪儿也不去！

海叔很是过了几天舒心日子。上月的一个下午，海叔在麻将馆搓麻将时，因清一色，开心地大叫一声竟乐极生悲，就此去了。麻友都说海仙人好福气，走也走得如此爽快，如此开心。

海叔故世后，他大儿子、小儿子、女儿女婿都到了。大儿子说：爹从乡下出来后在他那儿住的时间最长，且长兄为父，爹的存款应由他分派。小儿子抗争说：爹是被你赶走的，你还好意思说。女婿说：我这女婿也算半个儿，这样吧，三人三十一，大家不吃亏。正在三人闹得不可开交时，律师事务所来了位律师，说海叔生前已把遗嘱作了公证，所有存款，他死后，全部捐赠给福利院。

海叔大儿子、小儿子、女儿、女婿面对这个结果，一个个无话可说，如傻了一般。

唐 校 长

　　说起南山中学唐慎之唐校长，可以用得着"褒贬不一"这个词汇。褒，不去细说吧。这贬，其实几乎都冲着他的疏散演习来的。

　　这事要从一年前说起。当时，教育局搞竞争上岗，唐慎之脱颖而出，从副校长晋升为校长。

　　当了校长不久，他在校长办公室，力排众议，坚持要搞地震疏散演习。

　　这不是吃饱了撑的？学生的首要任务是读书，又不是部队，搞什么演习，真是的。但唐校长是一把手，他坚持要搞，反对有用吗？尽管私底下说他的骂他的都有，演习还是如期进行了。

　　第一次演习，用一个词概括："洋相百出"。当校园里突然电铃大作，广播里立时响起："地震了！同学们请在班主任带领下，赶快撤到操场上！赶快！"

　　到底是教师反应快，有个在三楼上课的教师一听地震，本能地一溜烟逃了下去。有的教师大喊一声："快钻课桌底下！"有的教师吓傻了似的，好一会没回过神来，慌乱的学生已乱成一锅粥，快的兔子似的逃出了教室，慢的老半天才下来；还有在教室里哭，没有下来的。至于跑丢了鞋的，扯破了衣裤的，摔跤的，相撞的，还有男生从二楼直接往下跳，结果扭伤了脚的……可以说，什么都有。

　　唐校长在操场上拿了码表在看时间：最早到达的 1 分零 8 秒，最晚到达的 4 分 44 秒，还是被班主任硬叫下来的。

　　当天，反馈信息就上来了，有学生觉得好玩、刺激，也有学生认为拿他们开玩笑，老师则多数认为：没事找事，多此一举。

这后，唐校长总结经验教训，给每个班制定了疏散的队列、路线，哪些学生从教室前门撤，哪些从教室后门撤，走哪一个楼梯，要求几秒钟出教室门，几秒钟下楼梯，几秒钟到操场，到操场后如何列队，都规定得清清楚楚。

校长当真了，教师腹诽归腹诽，议论归议论，做还得照做。

最要命的是这唐校长不知哪根筋搭错，他规定：以后疏散演习，凡1分30秒内不能全部撤到操场上的班级，当班教师不能评先进，学生不能评三好学生。

这引发了不少师生对他的看法，甚至有人说他"独裁"，可唐校长依然我行我素。

那天，没有铃声大作，没有震耳的警报，突然，大地颤抖了，晃动了，远处有沉闷的响声传来。

"地震！"正在上课的教师与学生不约而同叫出声来。

"撤！"几乎不用命令，学生们按以前多次演习过的，一个接一个以最快的速度冲出教室，冲下楼梯，冲到操场上。1分18秒，仅仅1分18秒，操场上已黑压压一片，全校两千多学生差不多都站在了操场上。

冲出校长室的唐慎之，突然听到有学生喊："迟桂花，快下来！快！"

唐校长抬头一看，二楼的楼梯口一个女学生一拐一拐地在下来。原来这位叫迟桂花的女学生今天上体育课不小心崴了脚，没跟上撤下来的大部队。

唐校长一个箭步冲上楼，抱起迟桂花就往下冲，这时，楼房已摇摇欲坠了。冲到最后一级楼梯时，唐校长放下迟桂花，用力一推，迟桂花跌出了楼外，而此时，楼塌了，压下的楼板击中了唐校长的后背……

当师生们把唐校长扒出来时，浑身是血的他，艰难地问："还……还有学生没……没出来吗？"

"没有，唐校长，所有娃儿全撤出来了！"

唐校长嘴角露出一丝欣慰之色，头一歪，去了，永远去了。

全校师生哭成一片。

事后，南山中学的师生才知道唐校长是唐山孤儿，他当年就是被解放军从废墟下挖出的幸存者。

阿 江 之 死

不管你相信神秘也好，不相信神秘也好，我的邻居、我的同班同学阿江的死，至今蒙着一层神秘，仿佛一个难解之谜，依然无解。多少年了，每想起这事，我就百思不得其解。

我的家原先住在娄城一条名为长埭弄的老弄堂里，我家是解放前夕搬过去的。小时候我就听说："长埭弄里十八家，和尚尼姑丈人家"。那时还不懂，长大后方知，这不是一句好话。回想起来，这长埭弄一是小孩多，又特多男孩，号称"子孙弄"；二是邻里关系特好，张家事不瞒李家，李家事也不瞒张家。其实，想瞒也瞒不了，都是知根知底的老邻居，哪家的底细左邻右舍不清楚？

这一条弄堂里，我同班同学就有好几个。高中时，阿江与我同班，我们彼此关系不错，他常到我家，我也常到他家。

阿江住在弄堂的北头，是沿街面的房子。记得有一次他突然大叫起来，叫我们去看，我们几个同学奔过去一看，原来有一条手臂粗的黄眉蛇在他家沿街的那根梁上，咬住了一只极为肥硕的老鼠，那老鼠吱吱地惨叫着、挣扎着，那黄眉蛇呢，不慌不忙地一口一口，把那只大老鼠吞进了肚里，我们一个个看得津津有味，看得目瞪口呆。这时，住在弄堂口头一家的许驼背来问："谁第一个发现的？"

阿江像要领奖似的说："我第一个发现的。"

许驼背对着阿江看了看，摇了摇头走了，弄得大家莫名其妙。第二天，趁阿江不在时，许驼背神秘兮兮地对我们说："谁当街第一个看到蛇在梁上吃老鼠，是为不吉，这个人肯定要倒霉的。可惜啊可惜，多好的阿江。"

我们那时谁也不信许驼背。一个驼背，自己够倒霉的了，干吗还要去咒别人。我听过就听过了，也没跟阿江讲。其他同学有没有给阿江讲，我就不得而知了。

1971年时，我去了微山湖畔的大屯煤矿，离开了家乡，而阿江却分配在了当时的国营大厂农机厂，并且当工人不久就调到了厂政工科，后来还当了副科长，总之，是我们那一拨同学中混得蛮不错的一个，至少比我强多了。我那时离乡背井，是煤矿里的一个工人，比比他，我自叹不如。

大约几年后吧，具体我记不清了，一次我回娄城探亲时，突然听说阿江死了，是上吊死的，还说公安机关来验尸后，鉴定为自杀身亡。

关于阿江的死，后来我听邻居们说了一些很古怪的描述。据说阿江的死没有任何先兆，也就是说谁也没想到他会死，他会自杀，单位同事没想到，他家里人也没想到。

最令人不解的是他上吊时，身边放了只录音机，录音机里放着哀乐。他用铅丝做了个活套，也就是说一旦他蹬翻了脚下的凳子，就算有人发现，一时半刻也救不下来。如此看来，他死的态度很坚决，不留任何余地。最不好理解的是他上吊时，用红布蒙面，至今无法解释这是什么意思。

按常规解释，红布蒙脸，可能是无脸见人的意思。但阿江这人没犯任何错误呀。他不经手钱财，经济问题是没有的；他这人内向，也从没见他与哪个女孩有什么瓜葛，男女关系也不可能存在；至于打架斗殴、赌博偷窃，给他几个胆子他都不敢的。他在厂里干得好好的，工作不错，还是党员，说什么也没理由自杀，就算要自杀，也用不着红布蒙脸，自放哀乐呀。

关于阿江之死，成了太仓人很长时间内的一个话题，没人能理解。

公安机关也查了很长时间，查来查去，查不出半点名堂，只好结案。

等我知道阿江的死讯时，他的五七大概也过了。我忽然想起了许驼背的话，那岂不成了不祥的谶语，难道冥冥之中真有什么定数吗？

如今许驼背也早死了，长埭弄已在老城区改造中拆了个一干二净，但偶然想起此事时，我仍觉奇怪。不过据我分析，阿江的死可能与遗传有关，因为我记得他父亲曾三次上吊自杀未遂，有一次还是我参与一起救下的。当然他父亲自杀是有原因的，说是身体不好，活着很痛苦，不如一了百了，早日解脱。或许他是受了他父亲上吊的影响，潜意识里有上吊的阴影。但不管怎么说，他的自杀总是令人奇怪，不知这算不算神秘。

　　我所写阿江的故事，不是虚构的小说，完全是生活中的真人真事，如果有谁知道阿江之死真相，能告诉我，我会很感激他的。

吉 祥 画 家

秦九鼎画画乃家传，专画吉祥图案。诸如《九九安居图》，由九只鹌鹑、一丛菊花为画面，取"鹌"与"安"同音双关，"菊"与"居"谐音双关。鹌鹑九只，寓"九世"，寓意世世代代大团圆。还有《富贵耄耋图》，由牡丹、猫、蝴蝶组成，牡丹有富贵之称，"猫"与"耄"，"耋"与"蝶"谐音。《礼记》载：七十曰耄，八十曰耋。耄耋皆为高寿。此图寓意大富大贵，健康长寿。诸如此类，无非趋吉避凶，祝福祈寿等等内容，故而娄城百姓称秦九鼎为吉祥画家。

秦九鼎自继承父业后，定出"三不画"规矩：不忠不孝者不画，点画限时者不画，讨价还价者不画。

索画求画者只需讲清楚送谁派何用场即可，由秦九鼎随意画之，快则立等可取，慢则半年一年。兴时分文不取，倔时非千金不可。画与不画，只凭他一眼定之，一念定之。有意思的是，凡求得秦九鼎画者，几乎无不满意而归。

渐渐，娄城人以拥有秦九鼎之画为荣耀为骄傲。若店铺、饭馆、旅社，家居挂有秦九鼎之画，仿佛瑞气四溢，祥和顿生，体现出一种身价，体现出一种人缘……

那年，日本人进驻娄城。其中有个日本大佐和雄四郎听说了秦九鼎的名望，当即派翻译请秦九鼎去作画，说想一睹为快，一饱眼福。秦九鼎以腿疾不便而拒之，不卑不亢。

翌日，和雄四郎竟携礼登门。他不因秦九鼎的冷淡而恼火，依然饶有兴味地欣赏秦九鼎的作品。特别是对题为《寿献兰孙》的墨兰图与题为《松菊延年》的古松黄花图大加赞赏，谓墨趣盎然，意蕴可人。之后，客气辞别。

当夜，秦九鼎踌躇再三，终于挥笔画了"鸡冠花、螃蟹图"。按中国"禄象吉祥符"，此乃所谓《官上加官图》，因为"冠"与"官"同音同义，蟹为有甲的物种。中国古代科举制度中殿试有三甲之分，又"甲"与"加"谐音双关，寓升迁，所以此图意为连连升迁。

翻译解释给和雄四郎大佐听后，他颔首点头，脸上掠过一丝笑意。

和雄四郎凝视画面，反复品味。他发现第一只螃蟹举螯横行，煞是威风，后面三只，则一只比一只小，一只比一只弱，那第四只螃蟹口吐白沫，似苟延残喘，如死了一般。和雄四郎是半个中国通，他越看越疑心，越想越不对，气呼呼携画再去秦九鼎府上，大有兴师问罪之架势。进得门，但见秦九鼎端坐太师椅上，淡淡言之："恭候多时矣。"

和雄四郎耐住性子，要求秦九鼎再画一幅《松鹤图》。秦九鼎摆摆手云："余秦九鼎一言九鼎也，岂能应一人之要求而坏'三不画'之自律，九鼎断难从命。"

和雄四郎的手不自觉地放到了指挥刀柄上，一时杀气盈面。

秦九鼎不动声色，平静如初。

和雄四郎几乎失态，他把指挥刀拔出一半，又狠狠地推了回去……

冤 家 对 头

唐中佐宰相与范国佑大将军是皇帝的股肱之臣，最受皇帝器重，一个主内，一个主外。但不知为什么，两位重臣总尿不到一个壶里，凡朝中大事，十有八九意见相悖。如范大将军说要出兵主战，唐宰相必说要休生养民，止戈为上。如唐宰相说要增加赋税，以强国力，范大将军必会上一道奏章，说千万不要增税增赋，以免增加百姓负担。总而言之，言而总之，一个说朝东，一个必说朝西，各执一词，各说一理，还常常争得面红耳赤。

两个大臣，一个是皇帝的左臂，一个是皇帝的右膀，其他臣子实在不宜随便表态，最后自然是皇帝一锤定音，所谓乾纲独断。

皇帝也颇懂得驭臣之道，从不偏听偏信，或偏袒一方。如果这次采纳了唐中佐宰相的意见，下一回多数是赞同范国佑将军的建议。

这样下来倒也相安无事，因为大事还是皇帝说了算，国事非儿戏，岂能意气用事。

有次，皇后对皇帝说："这唐宰相与范大将军也真是的，像老小孩似的，同朝为官，各让一步不就得了，何必这么处处意见相左，弄得皇上左右为难，此恐非朝廷之福。皇上是否亲自出马，做回老娘舅，把两人叫一起喝杯和事酒，以后不看僧面看佛面，省得常常聒噪在耳……"

皇上不以为然地说："两重臣时有争论，乃社稷之福也，唯如此朕才不至于失听失察啊。"

皇后若有所悟，不敢再多言。

一晃，唐宰相年近古稀了。一冬夜，唐宰相在处理奏章时，头一歪，竟去了。

皇上听闻后，速派太医前去诊治，但已无回天之力了。太医回复说："唐宰相是累死的。"

唐宰相去后，他儿子认为不必通知范国佑大将军了，免得他猫哭耗子假慈悲，说不定心里还幸灾乐祸呢。

唐宰相夫人说："不行不行，丧帖是一定要发到的，来不来是他的事了。"

开丧定在七天后，皇上也派特使代表他参加了开丧仪式，朝中重臣唯范国佑将军因在前线未赶回来。

唐宰相儿子认定范国佑将军不会前来参加丧礼了，说心里话，他还不愿意范国佑将军来参加他父亲的葬礼呢。

"不等了，开丧吧。"唐宰相儿子很干脆地说。

"不，再等等，同朝为官几十年，于公于私，于情于理，范大将军都应该来的。"唐宰相夫人说。

正这时，家人来报："范大将军到！"

在一阵急促的马蹄声中，马鞍上翻身跳下一风尘仆仆全身素白之人，范国佑将军一进门，就失声痛哭，他抚着唐宰相的棺木，哭得声泪俱下，他哽咽着说："我来晚了，来晚了啊，没能最后看上你一眼。宰辅之逝，哲人萎也，犹如泰山之崩，朝廷之大损失啊……"

范国佑将军会哭得如此伤心，多少有些出乎在场人的意外。然唐宰相的儿子自始至终侧目而视，他一脸蔑视地对他娘说："亏他演得如此逼真，一个将军，比戏子还戏子。"

范大将军突然抹抹泪，从身上取出一副挽联，但见上联为：志同松柏清同竹，丹心昭日月；下联为：言可经纶行可师，正气泣河山。

如此高的评价，出自真心，出自内心？是亲自撰写，还是师爷手笔？抑或仅仅是场面上做给活人看的？人们议论纷纷，说啥的都有。

丧事结束后，唐宰相儿子在整理父亲遗物时，发现了一只信匣，此信匣唐宰相生前不准任何人翻动，连夫人也不例外。

这信匣里面会藏着什么秘密呢？

万万没想到，这里全是范大将军的私人密函，都是关于对朝中某些重大事件的意见、想法，原来两位冤家对头在朝中重大问题上都是事先悄悄沟通的。

　　唐宰相儿子细阅全部信件后，惊得目瞪口呆，他终于悟到，其实父亲与范大将军是惺惺惜惺惺，但为了避免朋党之嫌，为了让皇帝有驭臣之乐，更是为了自保，故意在皇帝面前表现出观点不一、意见相左，表现出有你无我，文臣武将难以团结，好让皇帝放心而信任，信任而放松监管。

　　唐宰相儿子刚把信件放到蜡烛火前，又犹豫了，思考半天，他将信函重又放入信匣。他决定此事连母亲也不告诉，谁也不说，作为唐氏家族第一号秘密，永远保密下去。

洪 升 之 死

　　洪升准备把牢底坐穿时，意外地得到康熙皇帝的大赦，终于从大狱里出来了。

　　重获自由，照理是值得庆贺之事，但洪升并没有多少喜悦，不知春秋，不辨日夜的牢狱，在他看来是那么漫长，那么漫长，漫长得催白了他的头发，催皱了他的额头，更主要的是把他当年的那些锐气、激情都消磨殆尽了。

　　步出牢门，恍如隔世。

　　洪升发现满人越发坐稳了江山，汉族士大夫那种反清复明的慷慨已为歌舞升平，风花雪月所取代。

　　洪升这十年来，最最关心、最最放心不下的是他花了二十年创作的传奇剧本《长生殿》，他想知道花费自己一生心血的《长生殿》命运到底如何，会不会随着他的坐牢而被禁被毁。

　　当友人告诉他，《长生殿》不胫而走，已搬上昆剧舞台，风靡一时，他惊喜万分，长叹一口气，说："这牢坐得值，值！"

　　康熙二十八年时，洪升正是因为在佟皇后丧葬期间，在家排演、观看《长生殿》，被人告发，革去国子监监生之职下狱坐牢的。

　　如今，《长生殿》活在了舞台上，难道说这是对我洪升下狱坐牢的回报或者说补偿？

　　洪升出狱后，江南织造府的曹寅执意要宴请洪升，为了给洪升一个惊喜，竟让家乐班演出了全本《长生殿》，连演了三天三夜，真是盛况空前。

洪升看到唐明皇与杨贵妃的爱情故事在舞台上活灵活现地展现，观众们津津乐道，如醉如痴，他脸上露出了久违的笑容。

常言道：千里搭宴棚，总有散席的时候。盛宴过去，洪升告别曹寅，说要回钱塘老家省亲。

洪升雇了船，从秦淮河泛舟而去，几天后船至吴兴乌镇。

两岸的夜色真是迷人，但此时的洪升没有心思欣赏这流光溢彩的夜景，他还沉浸在昆剧《长生殿》里，那委婉哀怨的水磨唱腔，声声入耳，叩击心扉；那演员的一投足、一举手，一颦一笑，那水袖的一甩一收，那身段的一转身、一造型，无不栩栩如生，令观众神魂颠倒。那喝彩声、那掌声，此时此刻，依然萦绕在洪升耳边，让他无限欣慰。

洪升拿出酒瓶，对着月色，独酌独饮起来，酒色漫上了脸庞，酒精的刺激使他兴奋莫名，他哈哈大笑，连呼："苍天有眼，苍天有眼啊！"

酒劲上来了，上来了，混混沌沌中，洪升不禁回想起了自己屈辱的牢狱生活，一时潸然泪下。

想想自己的一生，简直是为戏剧而生，为戏剧而罪，为戏剧而荣。《长生殿》长生了，自己心愿已了，在世间还有什么可牵挂的呢？洪升觉得自己到世上来走一遭的使命已经完成，死已无憾了。

或许自己死了，会令世人更关心关注《长生殿》，如果这样，自己的死不更有价值更有意义了吗？！

泪眼迷蒙中，洪升看到了自己崇敬的唐代大诗人李白正在向他招手呢。对，李太白当年不也是揽月而去踏水而逝的吗？

"我来也！我来也！！"洪升一仰脖子喝干了瓶底的酒，飞步跨出船舷……

远处，隐隐传来唐明皇与杨贵妃的凄凄惨惨戚戚的唱词。

谁说救人与爱情不相关

　　于五四第一次看到兰儿时，眼睛就直了，他感到自己的心被电了一般，他知道：自己等待中的女神出现了！他发誓自己一定要追到她。

　　严格地说，于五四不是那种花头花脑、滑头滑脑、幽默诙趣的人，不知是不是爱情刺激了他，第一次与兰儿面对面，于五四竟然破天荒地说出了令他自己都奇怪都吃惊的话来："你太有魅力了，你这朵花我一定要采，一定要插在我这堆牛粪上，让你这朵花儿更红更艳。"

　　兰儿被于五四逗笑了，就这样两人相识了。

　　初恋的日子真是甜蜜，何况兰儿又是个绝色美人儿。于五四处处顺着兰儿，护着兰儿，只要兰儿高兴，叫他做什么事他都愿意。与兰儿接触以来，于五四最难忘的是初夏的一个傍晚，那时公园里的游人已陆陆续续回家了，公园开始归于寂静，但此时的于五四一点没想走的意思，他知道，只要努力一下，兴许就可以给兰儿一个初吻，这可是他等待了很久的美事啊。

　　初夏的夜，凉风习习，坐在树丛后，情话绵绵，真是人生乐事。就在于五四初吻阴谋即将得逞的时候，突然不远处传来了"救人啊，快救人啊"的呼叫声，那是一个孩子的呼救声，惊慌、绝望，可此时的公园已没啥游人了，更何况这个冷僻的角落。

　　于五四本能地站了起来，但当他瞥见兰儿的眼神时，他犹豫了，他甚至重新坐了下来。可呼救声越来越急切，越来越嘶哑。于五四似乎看到了一个孩子在水中一沉一浮，在死亡线上挣扎着，他再也坐不住了，腾地站起来，说了声："对不起，我去看看！"就飞一般朝呼救声跑去。他连衣服也没来得及脱就跳下了水，孩子终于救上来了，人已晕死过去了，等送到医院，医生说：晚啦，没救了！

这后，派出所来调查，家么来问事儿，前后折腾到下半夜才回到家，连累兰儿也被警察问这问那的问个不停，兰儿不胜其烦。

这后，兰儿提出与于五四拜拜。于五四问难道就因为我救了人，就因为我没救活那孩子？

兰儿倒也干脆，说："都啥年代了，还有你这种傻蛋，你这不是明摆着自找麻烦吗？江山易改，本性难移。你这脾性，早晚把自己小命也搭上，我不想跟着你担惊受怕。"

于五四没想到竟然没挽回的余地，说吹就吹了。

失恋后的于五四发愤考托福，后来去了美国，他要开始一种全新的生活。

于五四很快适应了美国的生活。在一次社区活动中，于五四认识了金发女孩瑞丽，瑞丽一头漂亮的金发，高挑的个儿，典型的西方姑娘。因为有了初恋的失败，于五四对这次异国之恋更是小心呵护。

到底是美国女孩开朗开放，于五四还没敢吻她，瑞丽倒主动吻他了。看来瑞丽很看得中于五四，在相识仅仅三个月后，瑞丽就主动与于五四上了床。于五四没想到幸福来得这么快，他简直陶醉了，兰儿也就渐渐地在他心中消退。

不久，瑞丽邀请于五四外出郊游，于五四欣然前往。瑞丽提出不开小车，骑自行车去，这样自由自在，乡间小道也能去。

两人乐悠悠地骑着，已完全不在意前方到底是何处。突然，两人听到远处有呼救声，按于五四本意，他会立即前往救人，但与兰儿相处的那一幕竟如此清晰地在眼前浮现，他真的很怕失去瑞丽，于是他只好装作没听见。瑞丽见于五四没有任何反应，就问了一句："好像有呼救声？"于五四想会不会瑞丽在考验他，他第一次违心地说："我们玩我们的，别多管闲事了。"

瑞丽用异样的目光看了一眼于五四，骑着车飞一般向呼救声冲去。瑞丽跳进了急流，但瑞丽水性并不多好，如果不是于五四舍身相救，很可能与那落水的孩子一样葬身水底。

瑞丽从病床上苏醒过来后，连一声谢谢于五四的话也没有，反而提出了与于五四分手的要求。她认为如果那天于五四一听到呼救声立即前往救人，那孩子或许不至于溺水身亡，她说她永远不能原谅于五四。

于五四惘然了，他傻愣愣地说："怎么会这样？怎么会这样？"

搭 伙 夫 妻

华逸民终于来到了加拿大魁北克省的赫尔市，这个城市与首都渥太华相近，只是华人毕竟比首都少了许多。

华逸民的英语是两只马两只虎的水平，特别是口语不过关，因此到了赫尔市后，开始有了举目无亲的感觉，寂寞也就像张网一样罩住了他。

为了排除无尽的孤寂，独身的他做了在国内想也不敢想的事，去了红灯区，因为交流的困难，去那儿纯粹是一种发泄。不久，他听说有个日本小伙子在红灯区染上了艾滋病，年纪轻轻就一命呜呼，这把他吓得够戗，从那以后，再也不敢去红灯区了。

在灵魂无着落的日子里，华逸民在一个偶然的机会里，认识了来自台湾的敏敏。敏敏也是独身，所谓同是天涯沦落人，两人三杯洋酒下肚，各自的话匣子就打开了，竟生出了同病相怜的感觉。

原来，两人的生活都有点艰难，昂贵的房租委实使人一想就头疼。

那晚，华逸民破天荒喝醉了，醒来时竟然躺在敏敏的床上。敏敏告诉他："你醉得不成样子，总不见得把你扔在马路上吧，只好往家里带。"

华逸民感激得一把抱住了敏敏。

敏敏说："要不你就搬过来住吧。"

就这样两人住到了一起。敏敏很爽直，毫不遮遮掩掩地说："我俩萍水相逢，相逢是缘，暂且合租一屋，就算搭伙夫妻吧。"

按敏敏的要求，两人实行 AA 制。

华逸民想：这划得来呀，房租省了一半不说，还有热菜热饭吃，打工回来还有个人说说话，多好。就毫不犹豫在协议上签了字，一签三年。

这后，华逸民又有了家的感觉，竟然白白捡了个临时老婆。他感谢上帝对他的恩赐，决心苦干几年，混出个人样来，再衣锦还乡。

刚开始，华逸民一下班就想回敏敏的出租屋，异国他乡的温柔之乡真的让他销魂。但不久，他发现敏敏有着极强的性欲，几乎夜夜要干那事，华逸民渐渐有点力不从心了，他甚至在考虑搭伙夫妻到此结束。他悄悄在外面寻找起了出租房，但准备办手续时发现自己的护照等有效证件都被敏敏藏起来了。敏敏说："你太没良心了吧，你不仁我也只好不义了。你要毁约可以，不过你得付一笔赔偿金，要不有道上朋友找你麻烦，别怪我事先没打招呼。"

第二天晚上，华逸民在下班路上，碰到了两个小混混模样的人前来纠缠，不但抢走了他身上的钱，还用匕首在他脖子上比划了好几下，最后拉出了一条血红的口子，拍拍他肩，扬长而去。

华逸民没想到敏敏是这样的人，他好悔啊，悔得直打自己的脑袋。

梅韵儿出国

梅韵儿在国内时是个平面模特儿，在国内，不算红，也不算差，中上吧。

或许是眼瞧着比她红的那些小姐妹，一个个都出了国，嫁了蓝眼睛高鼻子，她的心也活了动了。

还算巧，梅韵儿有个姨夫在澳大利亚墨尔本开中国南北干货铺的，混得还可以，通过这层关系，几经曲折，总算把她办出国了。

姨夫50岁开外，很壮实，姨妈是个药罐子，整天病恹恹的。

姨夫对她说："先在饭店干起来，其他事情慢慢再说。"

梅韵儿出了国门才知道，自己在国内平面模特界那点小小知名度，到了墨尔本一文不值，说得难听一些，连屁都不是，谁把你当根葱？她试图去自荐，可往往连门也进不去。这使她美丽的憧憬，变得虚无缥缈。

幸好姨夫对她还不错，还偷偷给她塞些澳元。

那一天，梅韵儿又外出碰运气，那公司的经理在看了她一叠模特广告的照片后，说了声"OK"，叫梅韵儿到另一间房间。梅韵儿一看是摄影棚，兴奋之情油然而生，有戏！八成老板看中了，要录用她，一准是试试镜头。

经理一进去，摄影的立马到位，有人示意梅韵儿脱。梅韵儿在国内多次参加T台走秀，穿比基尼是常有的事，倒也不害羞，大大方方地脱了外衣，穿着三点试，摆了几个POSE，经理伸出大拇指，似乎很满意。

拍了几张后，那摄影师叫梅韵儿把文胸与三角裤也脱了。

这，这不是全裸了吗？

这可是梅韵儿做模特的底线，虽然她听说过这一行里，有人一脱而红，但她至少到目前为止还没做全裸模特的心理准备。再说，自己与这家公司从无往来，对公司一点也不知根底，万一他们拍了她的裸体照在网上大做色情广告，自己还怎么做人？将来回国还有什么颜面去见父母、亲戚、朋友？梅韵儿想了想说："NO，NO，NO！"

经理见她拒绝再脱，立马变了脸，叽里呱啦说了一大通。梅韵儿的英语不足以全听懂，但知道经理很生气，大意是说她浪费了公司的时间，要她赔偿……

梅韵儿好不容易脱身回到了家，委屈得直想哭，姨夫宽慰她说："来，喝杯威士忌，压压惊。"

梅韵儿平时不喝酒，今儿心里郁闷，又是姨夫盛情，就陪姨夫喝两盅。姨夫劝酒很有办法，梅韵儿糊里糊涂竟喝了好几杯，喝得脸也红了，眼出水了，话也多了。

姨夫见她喝多了，就扶着她去休息。

第二天醒来时，梅韵儿发现自己一丝不挂地躺在床上。难道是姨夫他——梅韵儿不敢往下想了，她想骂出声，但想想要是被姨妈知道了不更难堪吗，搬出去住又如何立足？一想到这儿，梅韵儿除了掉两行伤心之泪还能做什么呢。

姨夫竟然像没事儿一样。

梅韵儿也只好装着什么事也没发生一样，但心里的痛楚只有她自己知道。

沉重的自尊

"一号球罐发生倾斜！"

一行触目惊心的字赫然出现在日本 A 公司的电传上。

佐田一郎如触电般蹦起来，他顾不上看一眼温柔的东樱芳子，顾不上解释，慌慌张张套上裤子穿上衣服，以百米冲刺的速度窜出去，一躬身钻入汽车，汽车发疯般疾驶而去。

他要赶回中国的工地去。

佐田一郎是日方的工程技术负责人，这一号球罐正是他设计、主持安装的。他不能相信倾斜是事实，也不敢相信这是事实。要知道倾斜就是意味着技术上出现重大差错，意味着工程进展将受阻，意味着中方的索赔，也意味着老板的炒鱿鱼。他能不心惊肉跳？！

天哪！倾斜无情地摆在他眼前。耻辱、耻辱，莫此为大！他的脸臊得像喝醉了酒，他的自尊也因此而倾斜。

记得当初，有一个中方的助理工程师小马提出过疑义，那张娃娃脸佐田一郎至今还有印象。不是因为小马提出的问题，而是他一个小小的助工竟敢对自己的设计提出疑问。

嗐，怪只怪自己太自信了，没把这位助工的意见当回事。佐田一郎捶着自己的脑袋，悔恨交加，一种负罪感的阴影笼罩着他。

佐田一郎像机器人一样干开了，没日没夜。他蓬松着头发，血红着眼睛，不是在办公室里算呀画呀，就是到工地上转呀转的。

他把小马助工请了来，恭恭敬敬地鞠了个躬，虔诚得像学生一样讨教，把小马说的一字不落地记在了小本本上。

终于，在中方技术人员的配合下，佐田一郎解决了一号球罐的倾斜问题。在一片欢呼声中，佐田一郎泪水盈眶。也真难为他了，这一阵子累得他消瘦了一大圈，弄得胡子拉碴的，简直叫人难以相信这就是原先潇洒、自信、仪表堂堂的佐田一郎先生。

东樱芳子从日本赶到了中国的工地。第二天早上，佐田一郎的房间里传出了东樱芳子的哭声……佐田一郎毅然去了另一个世界，留下了一张早就写好的遗书，上面只一行字：愧见江东父老！

倒　　包

　　石鹏终于心动了，决定加入倒包行列。所谓倒包，用官方术语讲就是走私，只是这种走私与官商结合走私、武装走私等大有不同。石鹏他们的倒包是小规模的，是纯民间行为，有点像走私个体户，通常用一种特制的大背包，装上丝绸、中药、西药、毛皮、人参等，总之是俄罗斯奇缺的货物，趁黑夜，爬山过坡，躲过边防哨兵，闯过边境，只要不被发现不被抓，这么跑一趟，倒一趟，赚个几万元应该是没问题的。

　　如今钱不好赚，给老板打工，累死累活干一年，也不如倒一趟包啊。只是倒包多少有点危险的，可没危险，钱能来这么快吗？盘算来盘算去，冒这点险还值得。

　　石鹏知道，干这一行，自己嫩着呢，可干这一行，又不兴拜师。人家能带着你，或者说人家同意你跟着在屁股后走，就算天大的面子了。

　　石鹏好话不知说了多少箩，奎哥才答应他跟着跑一趟。这道上的规矩，干这一行，互相间不打听，全凭经验。

　　石鹏不是个笨人，他照葫芦画瓢，倾其所有，购进了丝绸、中药、西药、人参、毛皮等，加入了倒包队伍。

　　那是一个秋夜，月黑风高，寒意袭人。在奎哥的带领下，一行六人出发了。按奎哥的说法，人多了容易暴露，太少了万一出事就没个援手，不方便，不安全。

　　按规定，每人包上都有一块荧光贴纸，走夜路时，后面的认清前面的荧光纸，一个跟一个，不到万不得已，不准使用手电，以防暴露。

石鹏属于初次，所以跟在最后，好在石鹏眼睛还好，体力也不错，脚步跟得上。

一上了路，就不能随便说话了，只能跟着奎哥走，他走哪条道，后面就走哪条道，不能问，不能反对。石鹏反正不认路，跟着就是，不跟丢就算上大吉。

近边境了，气氛似有些紧张，脚步轻了，慢了。

过了边境线就成功了一半。

"过了，跟上。"前面传来奎哥压低了嗓门的声音。石鹏心中一喜，原来，所谓危险也不过如此。

又行进了半个小时，突然，狗叫起来了，传来了拉枪栓声，传来了俄罗斯军人的吆喝声，这可把石鹏吓坏了。石鹏本能地蹲了下来，寻找着可躲藏的地方。他刚在一棵大树背后蹲下，突然感觉不对，那前面的荧光色消失了，消失得无影无踪。坏了，掉队了，跑丢了。可这时，石鹏既不敢叫，又不敢追，他只能等待。

等到的是一束强烈的手电光，是一只凶神恶煞的狼狗，是几支黑洞洞的枪口，石鹏被俄罗斯边防军逮住了。

有一个大胡子的老毛子竟然会说汉语，他用生硬的汉语问："你下次还干不干？"

石鹏想，我说还干，肯定要从严处理，不是有坦白从宽，抗拒从严吗？他连忙说："我这是第一次，真的是第一次，下次再不来了，保证不干了。"

那老毛子一听，很奇怪地问："不干了，真的再不干了？"

"对，不干了，我保证。"

石鹏的话才说完，那大胡子就用枪托狠狠地朝石鹏背上砸了一家伙，嘴里骂骂咧咧道："不干了，熊包，混账的孬种！"

另两个也过来朝石鹏死命踢了两脚，有一个还朝他头上吐了一口，很蔑视的样子。

石鹏的那一大包东西全部被没收，那大胡子竟再不管石鹏，扬长而去。

石鹏等天亮才摸索着逃了回来。

后来石鹏才知道，被老毛子抓住，千万千万不能说不干了，如说不干了，不但包里东西全部没收，还得挨一顿打；如说还干，老毛子还会发还一点本钱，好让你东山再起，这样他们还有机会抓，还有可能捞呀。

石鹏长了不少知识，可他已两手空空，最多给人家当个背包的马仔了。

结婚是咱俩的事

那是深秋的一个下午，阳光很柔和，照着满山遍野的橘林。那枝头挂满了金灿灿的橘子，确确实实是一派丰收在望的景象。

洋子不知是感动于这种硕果的成熟，还是陶醉于眼前的美景，她把头靠在阿木的肩上，吐出了阿木等待了很久的那句话："我们结婚吧。"

阿木没说一个字，只紧紧地拥抱了洋子，深情地吻了吻她。

两人的终身大事是在这橘林的小径上决定的，有这满山的橘林做证，有这深秋的紫阳做证。

阿木取出手机，他要把这喜讯告诉爸妈，让他们做好准备，最好回去就办结婚仪式。

洋子制止了阿木，她说："结婚是咱两个人的事，惊动别人干啥？你要办十几桌几十桌，我就不嫁了，我最怕最烦那数百人的大场面，那酒敬来敬去没完没了。"

阿木倒也爽快："行！不办酒就不办酒。这次就算我们旅行结婚吧。"

洋子更是心血来潮，她像孩子似的在路边采了一捧野花，拿在手里对阿木说："干脆，我们就在这橘林拜了天地，所谓选日不如撞日。"

于是两人在一棵挂满橘子的树下站定，朝着太阳，两人紧紧地拥抱在一起。

阿木问："你愿意嫁我吗？"

洋子答："愿意！"

洋子问："你愿意娶我吗？"

阿木答："愿意！"

这后，两人四只手握着那束野花说："从今后，不论贫富贵贱，不论残疾病痛，我俩永不分离！"

太湖东山游玩回来，阿木告诉家里他已与洋子结了婚，请两老放心。

阿木的爸妈一听傻了眼，他们一千个不理解，一万个不理解，天底下哪有这样的儿子，结婚大事响也不响，酒不办，糖不发，亲朋好友不知会一声就算解决了。这不行，绝不行！阿木双亲的态度很明白：你们年轻人在外咋胡闹，老人管不着，但这结婚仪式得补一补，不办个七八十桌，四五十桌说啥也少不了的。你想想，亲亲眷眷要请吧？街坊邻居要请吧？父亲、母亲面上的老同事老朋友要请吧？阿木的初高中同学要请吧？女方亲家的一干人马要请吧？阿木与洋子单位的同事要请吧？两人大学里的同窗好友要请吧？这一算，四五十桌还无论如何打不住呢。假如不请，别人会咋说？再说了，就这么个独生儿子，不办一办，热闹一下，死了到阎王爷那儿心也不安的。

可洋子与阿木态度也很坚贞，要办你们办，与我俩无关，反正我俩不出席，你们就是办一百桌我们也只当不知道。

阿木的父亲与母亲办也不好，不办也不好，大骂儿子脑子坏了。

又过了几天，阿木父母收到了儿子的来信，信上说，他与洋子商定，决定不要孩子，要加入丁克家庭……

阿木父母虽不懂丁克家庭是什么意思，可不要孩子他们是懂的。这是怎么回事呀？老两口连忙赶到城里，他们决定无论如何要让阿木与洋子打消这愚蠢的念头。不要孩子那结什么婚。那岂不是把婚姻当儿戏？不成不成，这绝不成！

阿木的父亲耐着性子说："我们汪家就你这一个独生儿子，一脉单传，你不要孩子，汪家不是绝后了吗？你要被人戳着脊梁骨骂的。"

阿木说："爸，那是老脑筋老传统，如今海外丁克家庭多着呢。"

阿木的母亲带着哭腔说："我不懂丁克丙克，我只要抱孙子，如果洋子生不出，娘不怪她，就领养一个。"

阿木刚想说洋子生得出的，但洋子拉了拉他，示意他不要解释。

阿木父母见儿子不吭声，以为洋子生不出，两老几乎异口同声说："好，我们老人不怪你们，你们就领养一个吧。"

送走父母后，洋子抱住阿木耍起了小脾气，她喃喃地说："为什么我们自己的事，自己不能决定，为什么？为什么？"

阿木也很矛盾，一边是爱妻，一边是白发高堂。他叹了口气说："做人真难啊！"

侯发山，男，河南巩义市作家协会主席，冰心儿童图书奖获得者。相继在《北京文学》《小说界》等一百多家文学报刊发表文学作品一千多篇，其中两百余篇被《小说选刊》《读者》《特别关注》《青年文摘》《青年博览》等刊物转载，多篇被收入年选等权威选本，《手机》《情怀》等多篇改编成电视短剧并搬上荧屏。曾获吴承恩文学艺术奖、冰心儿童图书奖、全国微型小说一等奖、第四届广西小小说大赛一等奖、郑州市精神文明建设"五个一"工程入选作品奖等奖项50多次。著有作品集《爱的礼物》《不灭的灯》《康百万》等。

侯发山卷

卖不出去的羊

真是怕处有鬼痒处有虱，老贵担心的事情终于发生了——女儿梅花考上了大学！

老贵阴沉着脸，不住地唉声叹气。去年疾病缠身多年的父母一先一后过世，虽然简简单单地把丧事给办了，但连同二老落下的医药费，还是欠下了一屁股的债；老伴的哮喘病时常发作，手里宽余时就抓几副中药煎熬，不宽余时就躺在炕上干熬……好在二闺女荷花初中没毕业就辍学了，最小的儿子富贵在村小学读书，学校也给免了学杂费。但是，一家人的吃喝拉撒，穿衣戴帽，指望老贵土里刨食去经营，难啊！老贵不是不巴望梅花考上大学，而是愁那几年的学费从哪儿倒腾呢。这不，通知书上红纸金字写着，第一学期的学费九千块。这还让人活不？

而梅花呢，明明清楚自家的罐里有几个米，偏偏嚷着非要上这个大学不可。老贵又气又急，却又不好说什么。

梅花说得有板有眼。她说爹，咱家里穷，就更应该想法让我上这个大学。只有走出山村，咱家才有可能红火起来。

老贵张了张嘴却没说什么，心说这三年大学上下来，咋说也得几万块，只怕没等红火起来火就灭了。

荷花放羊回来了。见此情景，她快言快语地对老贵说，爹，俺姐几个晚上都没睡踏实，哭了好几回呢，她说要是不让她上这个大学，她就离家出走。

老贵的心就不由得抽搐了一下，瞪了梅花一眼，说傻闺女！他又看了一眼荷花牵回来的那只波尔山羊，就狠了狠心，长叹一口气，说那好，明天我就去集上把这只波尔山羊卖了。

梅花和荷花同时惊叫了一声：爹！她们知道，家里这只唯一的波尔山羊是年初乡里扶贫时，村主任跑前跑后给争取来的，全家人的希望就都在这只羊身上了：娘的药费，爹的防寒帽子，弟弟的新书包……眼下这只母波尔山羊已经怀上了羔，卖了实在可惜啊！

老贵少气无力地说，卖吧卖吧，凑一点是一点。

村子不大，老贵要卖羊的消息短时间内就传遍了村里的每一个旮旯角落。

村主任先来了，说老贵你真的要卖羊？

老贵不敢正视村主任的眼睛，说主任，我也是没办法呀。想当初，村主任把羊牵到他家时，反复交代他要喂好羊。村主任还半开玩笑地说要像侍候他爹那样侍候这只羊。老贵还感激地拍着胸脯保证，说村长你说错了，我一定像对待俺儿子那样对待羊！可是这当口，他老贵提出要卖羊，愧对村主任啊。

村主任摆了摆手，笑着说老贵，我今天不是来问罪的，我是来买羊的。

老贵愣愣地瞅着村主任，简直不敢相信自己的耳朵。

村主任说啥都别说了，孩子上学要紧……给，这是八百块，贵贱就是这。说着话，村主任把一卷子钱塞到老贵怀里，不由分说就牵着那只波尔山羊走了。

老贵怀里揣着八百块钱，实在高兴不起来，脸上还是布满了愁云。并不是羊价卖得低，因为梅花的学费是九千块，其余的去哪里剜腾呢？亲戚朋友的旧债没还，咋好意思开口再去借呢？左邻右舍的家底也都一清二楚，日子好不到哪里去……他老贵能不愁？

想不到，到了下午，村主任又牵着那只波尔山羊回来了。

老贵心里一惊，说村长你不要羊了？

村主任点点头，继而诡秘一笑，说现在羊是我的了，我有处理它的权利。

老贵疑惑不解，说那是那是。

村主任把羊拴到院子里的一棵树上，然后对老贵说，我现在把羊送给你，你再卖一次吧。说着话不等老贵他们回过神来就走出了院子。

荷花兴奋地抚摩着羊，说爹，咱就再卖一次。

梅花皱着眉头对老贵说，爹，这不合适吧？

老贵感慨地说，权当咱借村长的，以后有能力再还吧。

这时候，隔壁的树林爷过来了，他拿出六百块钱交给老贵，说他要买那只波尔山羊。令老贵想不到的是，树林爷连羊也没牵就扭头走了。

老贵撵着树林爷的背影"哎哎"地叫着。

树林爷回过头来，咧嘴一笑，说老贵，我把羊又送给你了，你就再卖一次吧！

老贵停住脚步，眼里一下子涌出了泪。梅花，还有荷花，她们的眼睛不停地扑闪着，似乎明白了什么……

就这样，老贵的羊被村里的老少爷们"买"了三十多次，最后羊还在他家的院子里拴着，兴奋地"咩咩"着。

梅花如愿以偿地上了大学。在梅花的鼓动下，老贵也同意荷花上学了……自然，这是后话。

二战时期的爱情

那是 1938 年的初夏，法国青年施罗克利用假期到德国旅行。他喜欢异国他乡的木屋、牧场、葡萄园，还有古堡、钟楼和宫殿，踏着格林兄弟的足迹，仿佛置身于童话般的景致中。他在旅途中认识了德国姑娘娜娜。娜娜温柔善良，热情大方。两个人一见钟情，很快就坠入了爱河，爱得一塌糊涂，恋得如胶似漆。

他们泛舟莱茵河上，一边观赏着矗立在岸边的罗累莱山岩，一边憧憬着美好的未来。施罗克说等他学业结束，就来接娜娜去巴黎，让她见识埃菲尔铁塔的雄姿，领略香榭丽舍大道的风情，感受巴黎圣母院的神秘……娜娜幸福地依偎在施罗克的怀里，脸上洋溢着新娘般的灿烂。她接过施罗克的话题，忘情地说，我们晚上在塞纳河上划着小船，听着肖邦的小夜曲，该是多么浪漫呀。

第二次世界大战的炮火让他们的美梦粉碎了。施罗克不得不与心爱的娜娜姑娘吻别，匆匆返回了法国。从此，两个人天各一方，失却了音讯。

巴黎沦陷后，施罗克作为一名热血青年自愿加入了同盟军，成为一名战斗机的驾驶员。他把对娜娜的思念转化为对法西斯的仇恨。在战斗中，他表现出色，每次都能完成侦察或轰炸任务。每到夜晚，听到前沿阵地上炮弹的呼啸，看到爆炸的火焰照亮天空，他的心就紧紧的，担心娜娜是否被卷入了战争，她的正常生活秩序是否被打乱，甚至想到她是否加入了法西斯侵略者的队伍……他不敢想象，但又不能不去想。如果娜娜被强征入伍去当慰安妇或是护士，她肯定会痛苦不堪，度日如年的；假如她不助纣为虐，希特勒的追随者会放过她吗？施罗克在祈祷着反法西斯盟军收复失地打败德国的同时，又害怕娜娜受到无辜的伤害成为战争的牺牲品。

美法盟军发起的"龙骑兵"战役出动了近5000架飞机，其中就有施罗克驾驶的一架。伴随着飞机的行动，数百门盟军的大炮昂首齐吼，像雷电打闪一样开始了急袭。天在摇，地在颤，天地似乎要裂开了。施罗克很是激动和兴奋，他完全沉浸在复仇的快感里，飞机一阵俯冲，炸弹成串地朝下面投掷，到处是一片烟和火的海洋。

施罗克驾驶的飞机在低空盘旋着，搜寻着攻击的目标。德军的高射炮似乎发现了他驾驶的这架飞机，"嗖嗖嗖"地发射着炮弹。施罗克镇定、沉着，凭着他娴熟的驾驶技术，躲避着炮弹的袭击。猛然，一枚炮弹从侧面飞来，准确无误地打到了他的飞机上。感觉到飞机剧烈地一抖，他就绝望地两眼一闭，似乎要感觉飞机爆炸的那一瞬间。然而，出乎他的意料，飞机只是剧烈地摇摆了几下，并没有意外发生。他大喜过望，心说既然这条命是捡回来的，还有什么可怕的？于是，他又驾驶着飞机勇敢地冲进了敌占区。蓦地，他发现了德军的一个重要军事目标——那是德军占领捷克斯洛伐克后控制的一座大型兵工厂！飞机俯冲下去，他瞄准目标。随着抛下的炸弹，一声尖利的、直刺天空的声音过后，引燃了兵工厂内的弹药库里的炮弹，接二连三的爆炸撼天动地，地面成了红色火海。施罗克下意识地看了一下仪表盘，发现飞机油箱的指针在非正常地闪动，他急忙驾机掉头返回了基地。

施罗克驾驶的飞机伤痕累累，惨不忍睹。令战友们惊讶的是，一枚德军的炮弹竟然钻进了飞机的油箱里，就是施罗克看到从侧面打去的那枚炮弹，居然没有爆炸！机械技师小心翼翼地从油箱里取出炮弹，拆开弹体，发现弹壳里根本没有炸药！里面有一张用德语写的小纸条：

我痛恨战争，但我能做的仅此而已！

在场的人都哑巴似的沉默不语，脸上充满了对这位反法西斯者的无限敬意。施罗克随意地翻转了一下纸条，突然发现在纸条的背面也有一行字：

亲爱的施罗克，你在哪里？

想你的娜娜

施罗克的大脑瞬间成了被删除过的存储器，一片空白。当他大脑里的内容恢复后，他的脸扭曲着笑了笑，喃喃自语地重复着几个不连贯的词：炮弹，娜娜，兵工厂，轰炸……

后来，盟军在战场上又发现了十几枚同样没有炸药、有着一样内容的纸条的炮弹。

1945 年第二次世界大战结束后，施罗克被送进了精神病院，一直到死都还是疯疯傻傻的。当然施罗克也不可能知道，在他轰炸那个兵工厂之前，娜娜就因反法西斯行为被察觉而罹难。

生死罗布泊

　　骄阳似火。没有一丝风。罗布泊犹如桑拿干蒸房，闷热闷热的，每呼吸一口气就像吸一团火一样，心焦肺燥，使人感觉沙漠随时都会燃烧着似的。走在沙漠上面像踩在热鏊子上，透过鞋子烙得脚底板火烧火燎的。骆驼身上驮着水和其他物品，那水装在塑料壶里却跟装在暖水瓶里一样滚烫……一名向导舔了一下干裂的嘴唇，不无忧虑地说，我们目前的位置应该是罗布泊腹地。

　　赵子远朗声说道，不入虎穴，焉得虎子？他一直为自己能够参加联合国环境规划署组织的这次科考队感到自豪。因此，他希望自己在这次活动中有所贡献，为中国人争光。考察刚有了点眉目，岂可半途而废？

　　联合国官员肯尼亚的汤姆博士赞许地点点头，说野骆驼是世界上屈指可数的活化石之一，联合国这次决心很大，我们也要不惜一切代价！

　　一行十人的科考队又继续蹒跚着往前走。

　　夕阳西下，大漠泛着金黄的景象。突然，骆驼们全都不走了，而且不约而同地迅速跪了下来，埋头卧在炙热的沙漠上。两名向导惊慌地对视一眼，失声对科考队员们说，不好，沙尘暴！

　　科考队员们便急急转移到一处较为避风的地方。就在他们扎牢帐篷，把物资装备从骆驼们身上卸下刚捆绑好时，太阳倏地不见了，天空顿时阴暗下来，隐隐约约滚来雷鸣般的声音——沙尘暴来了！科考队员们赶忙钻进帐篷，一个挨一个地匍匐在地。呼啸声越来越大，沙尘扑打在帐篷上唪唪作响，弄得帐篷摇晃不已，好像有个威力无边的巨人在施展法术。"哗"的一声帐篷被撕裂开个口子，紧接着又"唰"的一声被吹倒了……科考队员们趴在地下不敢抬头，腰绷得笔直笔直，一动也不敢动。两名向导事后说，在那种情况下，谁敢直一下腰，谁就有可能被沙尘暴卷走。

沙尘暴整整肆虐了一夜，直到次日早晨七点多钟，风势才渐渐弱下来。科考队员们先是晃动了一下头，然后就像蚕蛹出壳一样慢慢从淹没在身上的沙土里"拱"了出来，一律灰头土脸的。他们一边抖落着身上的尘沙，一边说笑——又一次死里逃生，怎能不高兴？赵子远指着英国的江古尔博士说，大家看，江博士像不像猪八戒呀？江古尔博士看过《西游记》，故意打迷瞪，说猪八戒是不是个美男子啊？这时，正在检查行李物品的汤姆博士惊叫道，骆驼不见了，十八峰骆驼全都不见了！大家刚刚绽开的笑脸又阴沉下去。谁都知道，如果找不到骆驼，而又等不及外援，他们将被饥渴困死在罗布泊——他们赖以生存的物资全靠骆驼运输，而他们只带了十八天的食物，现在已是第十六天，只剩下两天的干粮和淡水了！

汤姆博士安慰大家，说我们在原先食物定量的基础上，每天再减少二分之一。

根据计划，救援队现在也应该出发了。话虽如此说，其实汤姆博士心里也没底。

另一名向导说，骆驼必然跑向有水源的地方，我们先去找骆驼。

两名向导走后，赵子远说，我们要利用好这段时间，抓紧做事。没有人应答。其实，在他说这句话的时候，科考队员们都开始了工作：有的用望远镜观察远方奔跑的野骆驼；有的在测绘附近的山川地貌；有的在采集野骆驼在沙漠中生存所吃的植物；还有几个人在讨论……

一小时，两小时，三小时，四小时……一天，两天，三天，四天。两名向导还没有踪影！

死亡的阴影越来越浓地笼罩在罗布泊的上空，科考队员们已经闻到了死亡的气息。他们的食物几乎没有了，每人每天猫似的吃一点，热、饥、渴，没有气力，话也极少，但他们并没有坐以待毙，而是有条不紊地干着各自的工作：记录、采样、观察……终于，可怕的事情还是来到了：粮食没有了，水没有了，真的到了弹尽粮绝的那一天。

这天夜里，汤姆博士心事重重地把大家召集在一起，研究后事。英国的江古尔博士心有不甘地说，我们这八个人就这样命丧罗布泊？有的说，这次考察花费这么大的代价，就这样前功尽弃岂不太可惜了？有的却悲观地说，我们眼看着就要葬身罗布泊，还考虑这干什么？一直沉默着的赵子远忽然说道，咱们定一个死亡排序表，谁先死去，大家就先吃谁的肉！都愣了一下，旋即都齐刷刷地举起手表示同意。汤姆博士扫视了大家一眼，有气无力地说，好样的！只要有一个人活下去，就要把这些资料带回去，请人们记住，这是生命向人类社会作出的环保宣言！于是，他们就依照年龄从大到小的顺序排列了一个死亡排序表：

第一位，汤姆（69岁）；

第二位，江古尔（66岁）；

第三位，赵子远（62岁）……

就在这天夜里，黎明即将到来之际，奇迹出现了——两名向导骑着骆驼赶了回来，十八峰骆驼一峰都不少！

科考队员们高兴都来不及，他们的身体太虚弱了，为了保全性命，都匆忙爬上骆驼往大本营出发……终于在第七天与救援队会合了！

（补记：联合国根据科考队的考察结果，在美国对野骆驼的各种样品进行了基因分析。专家们一致认定新疆罗布泊的野骆驼是活化石，是以前驼类的祖先。联合国遂拨款78万美元建立了罗布泊野骆驼保护区。目前已有十个保护机构在罗布泊周边建立起来，对野骆驼进行保护。——摘自2003年1月17日《报刊文摘》）

母亲的手艺

　　那年她十四岁。要过年了，村里的伙伴们大都穿上了新衣服，常常聚在一起捉迷藏、放鞭炮，一个个兴高采烈得跟找到食儿的麻雀似的。她因为没有新衣服，就猫在家里不愿出去。她从未穿过新衣服，平时都是穿姐姐的旧衣服，长一片短一截的不合体不说，衣服上是补丁摞补丁，烂了补，补了穿……她觉得特没面子，也因此很自卑，好在她学习刻苦，成绩一直很优秀。听着外面不时炸响的炮仗，以及伙伴们的欢声笑语，她就斗胆对母亲说，娘，我要穿新衣裳。母亲就沉下脸，瘦削额头上的皱纹簇成了结，满是厚茧的手轻轻摩挲着她的头，长叹了一声。她竟有些后悔。家里穷，像是大水冲过一样，平时的零用钱都是母亲一个鸡蛋一个鸡蛋攒下的，说句不好听的话，鸡屁股就是家里的银行。母亲长年有病，没断吃药……母亲沉默了许久，才一字一顿地说，好，娘给妮儿缝条裤子。这时，她苦巴巴的脸上才绽出灿烂的笑。母亲拍了拍她的肩膀，哑着声音说，妮儿，你要好好学习。她使劲点点头，说放心吧娘，我会的。

　　第二天，母亲就把攒下的一罐鸡蛋带到集上换回了一块布。母亲给她量了尺寸后，每天晚上就到隔壁二婶家去做裤子，二婶家有一台缝纫机。

　　大年三十早上，她还在被窝里赖着，母亲就掂着一条裤子站在床前，笑吟吟地催她起来。那是一条用帆布（以前厂矿里的工作服布料，俗称"劳动布"）做的裤子。这种布料耐磨，而且在农村比较少见，当时谁穿有这种布料的衣服跟现在拥有一部手机一样趾高气扬。因此，她兴奋地嘿嘿直笑，忙从被窝钻出来去穿棉裤棉袄，最后在娘的帮助下套上了那条裤子。

嘿，两条裤腿上绣着四五朵向日葵的图案，图案用的布料是褪了色的白布，显然是从旧衣服上裁下的，但图案很好看，图案的边沿给剪得一缕一缕的，像是向日葵盘的叶子，十分逼真。她就一派喜气在脸、滋润在心的感觉，觉得娘真行，娘不但会缝补丁，还会绣花。母亲原以为她不满意，见她如此高兴，也就松了一口气，满是皱纹的脸上也开出了花。

她匆匆扒了两口饭，就像只出笼的小鸟飞了出去，她要出去跟伙伴们玩耍，同时还要炫耀一下她的"时髦"裤子。

果然，伙伴们看到她的新裤子，眼睛都为之一亮。她们想不到，一向打扮得跟叫花子似的她，也有光彩照人的时候。特别是裤子上绣的花，都羡慕得不得了，纷纷围过去观看，有的用手去摸裤子上的"向日葵"。不曾想，一个伙伴用力过猛，把一个"向日葵"图案边沿的"叶子"给拽掉了，露出了里面脏乎乎的棉裤——原来，那一朵朵"向日葵"是变了花样的"补丁"！她耳根一阵发热，脸腾地红了。大家轰地笑了，都看着她，眼神里满是讥讽和嘲弄。被人家窥见了隐私的那种害羞又惶恐的心情害得她直想哭，她努力不让满积在眼眶里的泪珠往下掉，转身便跑回了家。

母亲正在做年糕，见气冲冲回到家的她满脸不悦，说怎么屁大的工夫就回来了？

她狠狠瞪了母亲一眼，麻利地脱下新裤子，揉成一团甩到母亲面前，撇着嘴说，啥狗屁裤子？

母亲气得整个身子颤抖个不停，伸出抖抖索索的手，想打她，高高扬起的巴掌却在空中停住了，最后落在自己脸上，旋即便有晶莹的东西在她的眸子里闪动。

她不知所措地低下头，准备迎接母亲的责骂。

"扯的布不够尺寸，只有那样了……我这当娘的无能啊。"母亲的声音涩住了。母亲的眼泪涌了出来，紧接着，就像断了线的珍珠簌簌地滚下脸颊，终于有声地哭起来。

自此以后，本来话就不多的母亲变得更加寡言少语了，一天到晚忙碌个不停，做饭、洗衣、缝补、养鸡……没过多久，母亲就病倒了，再也没有站起来……母亲去世后，她才从姐姐那里得知，为了给她做那条裤子，一直吃着药的母亲停了药！她越发内疚，扑在母亲的坟头追悔莫及，号啕大哭。

所谓的人穷志不短，马瘦有雄心。她发愤读书，考上了大学，留在了城里，生活得有滋有味，日子过得五光十色。

有一次，她特意参加了一个服装博览会，准备买一套高档衣服，衣锦还乡。一来让那些昔日嘲笑她的姐妹们看看，二来想回去给母亲扫扫墓。博览会上的服装琳琅满目，令人眼花缭乱应接不暇。据说这些时装都是世界一流的服装设计大师设计的作品。忽然，她看到一位靓丽的模特穿了一套牛仔服装，那裤子的式样跟当年母亲给她做的一模一样！

她木木地呆了许久，眼里的泪悄悄爬满了脸庞。在场的人都诧异不解，她便哽咽着讲了当年的故事。一时间，大家都沉默了。最后，一位满头银发的服装设计大师感慨地说："其实，世界上所有的母亲都是伟大的艺术家啊！"

手　机

　　羊肠子似的山道上，一辆公途客车蛇样地爬来绕去。远远望去，像一只蜗牛在蠕动。

　　这是一辆从省城开往乡下的客车，车内座无虚席，从衣着打扮上看，各色人等都有。乘客当中，有的昏昏欲睡，有的在眺望窗外的风景，还有不少人在"玩弄"着手中的手机。

　　一个头发一缕黄一缕红的小伙子捧着手机在认真地打游戏，嘴里还不停地发出或惊喜或懊恼的叫声，一惊一乍的……

　　一个红光满面大腹便便怀里抱着公文包的秃顶男人把手机贴在耳边指点江山，颐指气使地说，办公室吗？通知各单位负责人明天上午九点在机关二楼开会……

　　一个西装革履一只手上戴着两个金光闪闪戒指的中年汉子旁若无人地对着手机吆喝，老大，价格不能再低了……

　　一个打扮新潮红嘴唇黑眼圈的时髦女郎把手机吻在腮边窃窃私语……

　　一个抱着书包的中学生在用手机播放流行音乐，听得出正在播放的是周华健的《真心英雄》：……灿烂星空，谁是真的英雄，平凡的人们给我最多感动，再没有恨，也没有痛，但愿人间处处都有爱的影踪……

　　他们的脸上或幸福或甜蜜或陶醉或灿烂。因为这是一个刚刚流行手机的年代，手机是富有的象征，手机是身份的标志。

　　车厢最后面的角落里蜷曲着一个乡下汉子，三十岁左右，他蓬头垢面胡子拉碴的，身边塞着一个饱满的蛇皮袋。他是在城里打工今天回家的。他伸着脖子羡慕地看看这个的手机，瞧瞧那个的手机，偶尔咽一下口水。他的上衣口袋里也有一部手机，那是他在城里刚刚买来的。与那些漂亮、精致的手机相比，他的手机实在不算什么，档次低价格廉，和他的人一样不显山不露水的。他把手伸进上衣口袋里，摩挲着里面的手机，爱不释手。看到大家都在纷纷打电话，终于，他也忍不住了，于是掏出手机拨打起来："梅花吗？我在回家的车上。嘿嘿，没事，我不是想你们吗？我天黑就到了……"乡下汉子的声音不大，生怕大家听见似的。

当客车吭哧着爬到半山腰时，车厢里有了骚动。有两个流里流气的青年把一个青春靓丽的姑娘挤到窗边，动手动脚地猥亵她，光头青年用手捏着姑娘的脸蛋，不怀好意地奸笑着；另一个黑胡青年去拽姑娘的衣服……姑娘发出惊恐的尖叫，她一边挣扎一边用求救的目光望着周围的乘客。遗憾的是，周围的乘客都闭上眼睛睡着了，那些打手机的乘客不知什么时候悄悄地关了手机也闭上了眼睛。

这时，只见那个乡下汉子迅速站起来："住手！你们干啥？再不放手我就报警了。"说罢扬了下手里的手机。那两个流氓吓了一跳，当看清管闲事的人是谁时，不约而同地冷笑了一下，旋即放过姑娘朝车厢后面走去。光头青年瞪着眼睛狠狠地说："我看你是活腻了，敢管老子的事……"黑胡青年阴着脸，也不说话，走到跟前，挥拳打在乡下汉子的胸脯上。乡下汉子一边躲避一边出手反抗。乡下汉子伸出的拳头戳在了黑胡青年的鼻子上，顿时，鲜血从黑胡青年的鼻孔流出来。这下惹恼了黑胡青年，他从腰里摸出一把匕首猛地扎向乡下汉子的肚子……

看到血流如注的乡下汉子，车上的其他乘客被激怒了，纷纷从座位上站起来出手相救。短短几分钟的时间，就把两个流氓给捆绑起来。这当中，有人拨打了110，报告了所在的方位以及车牌号；还有人拨打了120，联系附近的医院。乡下汉子的血还在流，脸色也越来越苍白……长途客车不停地打着喇叭轰鸣着往山下疾驶。

110把两个歹徒带走了。

120把乡下汉子拉走了。

由于乡下汉子失血过多，最终没抢救过来。尽管车上的乘客都跟随到了医院，但没人知道乡下汉子的情况，不知道他姓甚名谁，不知道他家住哪里。有人记起乡下汉子有个手机，警察便从他的血衣里掏出手机，准备从里面调取号码和他的亲属联系。当擦拭去手机上的斑斑血迹，在场的人都愣怔住了，因为这是一部玩具手机！

那部玩具手机是乡下汉子给他三岁的孩子买的。这是后来人们才知道的。

八百米深处

八百米深处，一群采煤工人。他们除了头上的矿灯外，身上只穿了一条短裤，其余裸露的部分被煤粉和汗水弄得花花搭搭的，似妖非妖似怪非怪，开口说话时才露出一口洁白的牙齿。由于疲惫，他们很少说话，而是配合默契地干着各自的工作：有的用钎子从煤层上撬煤，有的用铁锨往罐车里装煤……忽然，一阵地动山摇震耳欲聋的声音传来，他们手忙脚乱尖叫起来，旋即看到一股尘烟从巷道口弥漫过来。他们明白不是瓦斯爆炸，但脸上还是充满了惊恐，因为这是巷道冒顶，有可能把他们的出路堵死了。

他们这个采煤班共九个人，年龄最大的四十二岁，年龄最小的二十岁，谁都不愿死啊。几个人跌跌撞撞朝巷道冒顶的地方奔去，似乎逃生的路就在那里。"不要命了？都他妈别动！"老黑一声断喝，他们都站在原地没动，不知所措地看着他。老黑不但是这个班的班长，而且有着十几年的工龄，经验比他们丰富。老黑等了片刻，巷道冒顶的地方没再出现大的动静，他才缓了口气说："都坐下别动，保存精力要紧……我过去看看。"说罢老黑深一脚浅一脚地朝着塌方的巷口走去。

有一泡屎的工夫，老黑阴沉着脸回来了。大伙儿看了老黑一眼，都绝望了。有人不甘心地问了一句："堵死了？"老黑点点头。那人又说："咱们不能等死，这里有工具，咱们从里往外挖……"老黑瞪了说话的人一眼，说："现在外面乱成了一锅粥，大家肯定在组织力量营救，咱们不能再耗费体力了……"凭借多年的经验，老黑心里明白，他们现在面临的最大问题是缺少氧气，井下的空气最多还能让他们活四个小时！为了让大家不去做无谓的牺牲，让他们在这有限的时间内写写遗书什么的，老黑把危险告诉了他们。他们骚动了一阵反倒冷静下来，哀叹命运的不济……没有笔没有纸，有的干脆抓起石块在安全帽上面给亲人留言。

这时老黑发现那个年龄最小的小伙子正死死盯着自己的手表，稚气的脸上有了死亡的气息。老黑这才注意到，他们班里就小伙子一个人戴着表。老黑来不及多想，就果断地把表要过来，由他每半个小时给大家通报一次。当第一个半小时过去后，老黑故作轻松地说："过去了半个小时。"话是这样说，老黑心里却刀割般难受，因为他们离死亡又近了半个小时，他这是在残忍地给大家通报死亡线的逼近啊！

第二个半个小时来到时，老黑没有说话，他不忍心去说，他不想让大家死得那么痛苦。又过了二十分钟，他趁大家不注意，悄悄把表的分针往回拨了四格，才强打起精神，说："又一个半小时……现在是一个小时了。""还有三个小时呢。"有人自言自语地嘀咕道。除了老黑，大家也都认为时间过了一个小时。老黑心里清楚，时间已经过去一个小时零二十分钟了。

就这样，每过去四十分钟，老黑就趁大家不注意，悄悄把表的分针往回拨两格，然后跟大家说是三十分钟。工友们相信他，没有一个人怀疑时间过得缓慢，都东倒西歪在地上静静地等待着。时间越来越少了，老黑十分恐慌，似乎感到呼吸越来越困难，但他并没把紧张和焦虑的迹象表现出来……

事故发生五个小时后，救援人员终于打通堵死的巷道进来了！被困的九名矿工被迅速抬出地面，令医护人员惊奇的是，这九个人中竟有八人还活着，只死了一个人——就是手里攒着手表的老黑！在场的人发现，那只完好无损的手表所显示的时间比北京时间整整慢了一个小时零二十分钟！

把周瑜告上法庭

　　周瑜每天早上都要到镇东头的"牛记胡辣汤"小吃店吃上两根油条，喝上一碗胡辣汤。

　　"牛记胡辣汤"是个老字号，虽然顾客盈门，生意兴隆，但店老板牛头还是欢迎周瑜这样的人，他倒不是在乎那两根油条一碗胡辣汤，而是因为周瑜是镇里的名人。现在不是讲究个名人效应吗，牛头也深知这一点。周瑜来他的店里消费，等于是在无形之中给他做广告。就是周瑜来白吃白喝他都愿意。

　　这天和往常一样，周瑜吃了油条，喝了胡辣汤，掏出钱包准备付账。牛头一脸谦卑的笑，说周老板，算了，您今天就不用付账了，往后也不用掏了。周瑜愣怔了一下，然后眉头一挑，说咋回事？看不起我啊？两块钱我还是付得起的。牛头慌乱地摆摆手，说周老板，您误会了我的意思。我真人面前不说假话，您是大老板，能光临我这小店，是看得起我。周瑜的脸上滑过一丝得意的笑，说你这小本生意也不容易，我周瑜别的没有，有的是钱！说着话，周瑜甩给牛头一张20元的票子，说不用找了，我连用过的碗也拿走。等牛头明白过来，周瑜已拿上碗走远了。

　　第二天，周瑜吃了油条，喝了胡辣汤，掏出10元钱，二话没说，又把他用过的碗揣走了。接连几天，天天如此。钱数倒不确定，有时10元，有时20元，也有5元的，有一次还丢给了牛头一张50元的票子。

　　周瑜为啥把碗也给拿走呢？是显示他有钱吗？似乎有些牵强。牛头百思不得其解。他把心中的疑虑告诉儿子牛奔。牛奔眼珠一转说，爹，我们上周瑜的当了，他骗了我们。牛头傻乎乎地看着儿子，不明白儿子说的话。牛奔说爹，你想想，周瑜是做啥生意的？牛头说古董啊，镇里人谁不知道？牛奔说，咱店里的瓷碗肯定是值钱的古董！牛头恍然大悟，说有道理，这些瓷碗都是你爷爷遗留下来的。牛奔说，周瑜是啥样的人，当初不就是靠骗人家一个瓷盆发家的？

好多年前，周瑜在一偏远的老乡家里发现老乡喂狗的瓷盆是一件古董，但他开口不说瓷盆的事儿，而是提出要买老乡家的狗。一开始，老乡自然是不愿意卖，周瑜就把价钱出得高高的，老乡抵挡不住诱惑，就答应把狗卖给周瑜。周瑜见时机成熟，就又给老乡提了一条要求，说既然把狗卖给我了，喂狗的盆子也让我拿走吧。老乡一边数着花花绿绿的票子，一边头也不抬地说，你只要不嫌弃，就拿走好了。老乡想不到，后来周瑜靠这只瓷盆开了一家古玩店。

想到这里，牛头相信了儿子的话。于是，他就私下揣上一个瓷碗进城了。省城的专家用放大镜看了看瓷碗，不屑一顾地说，这是普普通通的瓷碗。

说来也怪，周瑜可能是得到了什么风声，没再去"牛记胡辣汤"小吃店。

牛头想不通，既然是普通的瓷碗，周瑜为何要买走呢？牛奔说爹，是不是周瑜买走的那几只瓷碗是古董，咱家剩下的这些瓷碗不是古董，要不，他这两天咋不来了？牛头想了想，认为儿子分析的有道理。牛奔说爹，你去找周瑜把那几只瓷碗要回来，说瓷碗是祖上留下来的东西，不能卖。

牛头来到周瑜的古玩店，没见着周瑜，也没见着他的那几只瓷碗。周瑜的女儿说她父亲进城看病了，没在家。牛头似信非信，他怕周瑜把瓷碗倒腾出去，说我有急事找你爹，你能不能跟他联系上？周瑜的女儿说，我把他的手机号码给你说一下，你给他联系吧。

牛头没想到，当他打通周瑜的电话，说要收回他那几只瓷碗时，周瑜竟左一个不行，右一个不行，很坚决地拒绝了。

这下，牛头父子两个更相信了他们的瓷碗是古董。牛奔说告他狗日的。牛头不愿意这样做，说乡里乡亲的，在法庭上闹得脸红脖子粗，不好吧？牛奔说爹，是他不仁不义在先。牛头没再说什么，就由着儿子一纸诉状把周瑜告上了法庭，说周瑜采用欺骗手段霸占了牛家的古董。

周瑜没有到庭，他在省城住院。他的辩护律师一席话把牛头父子说得面红耳赤，哑口无言，恨不得找个地缝钻进去。周瑜的辩护律师说，周瑜患上了乙肝，怕传染给别人，所以每次去"牛记胡辣汤"喝完胡辣汤，就连同碗也一起买走了。周瑜的辩护律师还当庭出示了医院的证明。

千 纸 鹤

娟生病住院，是爸出国两个月后的事。

娟躺在病床上一天天憔悴下去。

后妈迫不得已，就说了千纸鹤的秘密。

后妈说，只要娟折叠够一千只纸鹤，她的病就好了。

正在昏睡的娟听到后妈温柔的声音，猛地睁开眼睛，有点散神的目光，忽地聚拢起来，脸上蓦地浮出惊喜，喃喃着："真的？真的？你说的是真的？"娟害怕后妈诓她，又去问医生护士，都说后妈没有诓她。娟心里别提有多高兴啦，她要不是躺在床上，准会唱起来跳起来。此后，娟再也不胡思乱想，吃饭香了，吃药打针也主动了，闲下来就一心一意地折纸鹤。

一个月两个月过去了。娟说查查看，后妈笑着说差远呢，你只管折吧。

四个月五个月六个月过去了。娟说查查纸鹤，看够不够。后妈说我心中有数，还不够呢。娟执意要查。后妈就从床下搬出那几个装纸鹤的大纸箱。结果，刚好五百只纸鹤！娟就喜着脸说，折够一半了！后妈也鼓励她继续努力。

七个月八个月过去了。娟说快查查，这回够了吧？后妈说不够呢。再查，果真不够，只有七百只纸鹤。娟并不失望，反而充满了信心，因为爸爸来信了，说他快回国了。娟说我一定要折够一千只纸鹤！我的病好了，就能到机场去接爸爸。

又过了两个月。这天娟刚折完一只纸鹤，就兴高采烈地对后妈说我折够了，咱们可以回家喽。

后妈莫名其妙，说咱还没查呢，你咋知道够了？

娟诡秘地朝后妈眨了两下眼睛，说那次查时是七百只，以后每折一只我就在墙上画一道，现在够三百道了，这不刚好一千只吗？

后妈愣了一下，说只怕你记错了，咱数数看：

1、2、3、4……798、799、800！

1、2、3、4……798、799、800！

1、2、3、4……798、799、800！

娟查了一遍，是八百只！

后妈查了一遍，也是八百只！

娟又查了一遍，还是八百只！

娟的眼里滚出泪珠，说怎么可能呢？我不会记错的。

后妈恍然有所悟，说我想起来了，怕是老鼠叼走了。前几天我还从屋里撵跑一只老鼠呢，这该死的老鼠！接着，后妈又说了许多鼓舞人心的话，说你爸爸就要回国了，他盼着你去机场接他呢。

娟这才抹去眼中的泪水，又拿起剪刀和纸，折她的纸鹤。

娟做梦也想不到，纸鹤是被后妈偷的！

这天夜里，娟正在专心致志地折纸鹤，后妈说夜深了让娟去睡觉，娟不依，说再折一个就去睡。后妈说明早再折吧，就把灯关了。娟只好缩进被窝里。后妈站在床边并没走（她睡在套间里）。娟知道，后妈是怕她再折。娟就一动不动假装睡熟了，为的是骗走后妈，继续折纸鹤。谁知过了一会儿，后妈还没走。正当娟迷迷糊糊要入睡的时候，忽然听见一阵轻微的响动。娟睁开眼睛，借着窗外的光线，依稀看到后妈还站在床边。娟心中一惊，后妈在干什么？是在拿纸鹤？以前的纸鹤是不是她拿的？娟曾问过医生护士，她们说医院不会有老鼠，也根本不可能有老鼠。娟就怀疑，莫非纸鹤是谁偷了？她又问后妈，后妈说没人偷，说要不是老鼠叼走就是娟记糊涂了……为了证实自己的猜测，娟等后妈走后，悄悄拉亮灯，她把床下面靠边那只纸箱拉出来，纸鹤果然少了！她清清楚楚记得是三十只纸鹤，这是上星期折的，下午后妈找个纸箱刚放进去，现在剩下二十只了！后妈拿纸鹤干什么？她是怕将来纸箱盛不下另外找个地方收起来？她白天干吗不拿呢？她为什么要偷偷摸摸呢？娟辗转反侧了一夜也没理出个头绪。第二天早上，娟让后妈查一下纸鹤。后妈无奈，只好依她。当然还是二十只。娟说不对，该是三十只哩。后妈说娟你不识数吧？我昨天查时是二十只呢。闻听此言，娟不认识似的盯着后妈，此刻她才明白许多，纸鹤是后妈偷的，后妈是怕她折够，怕她的病好，后妈是想再生一个孩子呢……娟指着后妈，说你，你给我滚！随后"哇"地失声痛哭起来。后妈呆了，半天没回过神来。娟的哭叫声引来了医生护士还有病人。娟抽泣着对众人说，她，她偷我的纸鹤！

都吃了一惊，包括后妈。

都无语。片刻后，后妈说娟，我对不起你，我错了……后妈说着，脸上也爬出了泪。

众人唏嘘不已。

正在这时，娟的爸来了，他刚从国外回来。娟好一阵泪雨纷飞。

爸知道原委后非常震惊，瞪着后妈半天没言语。

一个月后，娟去进行常规化验后，医生惊喜地宣布她身上的病毒没有了，她的病好了！

娟惊讶不解地说我还没折够一千只纸鹤呢。爸潮湿了眼睛，说娟，我给你讲一个故事，一个真实的故事。

爸说，有个小女孩子，她十岁那年得了一场病，医生说她得的是一种绝症，没希望治了。那时小女孩的爸出国去了。眼看着小女孩就要死去，后妈的心都要碎了。情急之下，后妈就编造了一个谎言，说只要小女孩折够一千只仙鹤，她的病就好了。后妈这样做，为的是给小女孩希望，让她无忧无虑快快乐乐地走完最后一段路。小女孩信以为真，就一天到晚不停地折纸鹤，眼看着就要折够了，美好的幻想就要破灭，后妈就偷偷拿掉一些纸鹤……想不到后妈和小女孩就此创造了一个奇迹，小女孩折了一年多的纸鹤，竟把病折没了……

娟抹着泪说，爸你别说了，我全明白了。

这时门开了，后妈走了进来，她手里举一束鲜花，脸上溢着春天般的笑容。她说，娟，祝贺你。娟小鸟归巢似地扑在后妈怀里，愧疚地呜咽道："妈妈……"

寻 梦

爷爷喜欢钓鱼，这是我从爸爸小时候的作文中得知的。爷爷经常钓鱼的地方是村前那条小河。在爸爸的作文里，那条小河十分美丽。他是这样描写的：村前有条小河，说深不深，说浅不浅。窄的地方，潺潺作响，搭上几块石头，便可涉足越过；宽的地方，像一泓深潭，晶莹碧透，清澈见底。水面上金波灿烂，山的倒影、树的倒影，随着微微的波纹在水里荡漾。鱼儿不时地蹿出水面，掠起一片片细密的水花。河边柳丝婆娑，绿草茵茵……父亲坐在河边的石头上，手里握着长长的钓鱼竿，紧盯着水面。随着他的一声惊呼，便有一尾大鲤鱼被甩上岸来……

真酷呀！我想象着爷爷那潇洒的钓鱼动作，啧啧称叹，羡慕不已。我也喜欢钓鱼。每到星期天，就让爸爸妈妈带我去公园，有时他们忙，我就自己去。公园门口有个"鱼塘"——一个大塑料盆，注入半盆水，里面放着几十条小塑料鱼，鱼头上有块磁铁，钓鱼竿上面的线头上也有块磁铁，两者只要碰到一块，就算"钓"着"鱼"了。花两块钱，就能玩上一个小时。没看到爸爸的作文之前，我一直爱好这种娱乐活动，常常乐此不疲，忘了烦恼忘了忧。现在我再也提不起精神去公园"钓鱼"了，我想在河里钓一回真正的鱼，何况老家又有那么一条晶莹剔透的涓涓小河呢？我现在也老大不小了，再去公园"钓鱼"就有点不好意思了。我就缠着爸爸，问他什么时候回老家。爸爸看到我很想回老家，显得很兴奋，说应该带你回去看看，你三岁到现在还没回去过呢。我就迫不及待地说，什么时候回去呢？爸爸捋了一下我的头发，说五一长假吧。那时刚过三八节，离五一还有好多天，我忍耐不住回家的渴望和钓鱼的梦想时，就去看爸爸关于描写家乡的作文：……小河是温柔的、娴静的。风一吹，水面荡漾起轻柔的涟漪，就像抖动着碧绿的绸子。金色的鲤鱼，不时地跃出水面，把平静的河水，激起一个个银色的圆圈。圆圈在扩大着，扩大着，一直扩展到河边的水草里……父亲悠然自得地钓着鱼。不到一袋烟的工夫，他就钓起一条鱼来。鱼不小，背脊像磨石一样厚实，翘着一动一动的金须，鼓着一对黑葡萄似的眼睛，随着身体的扭动，鱼鳞在阳光下烁烁闪光，真逗人啊。这时候，父亲就像喝了蜜，脸上带着微笑，嘴里自言自语着什么。

终于盼到了五一长假，恰巧妈妈的单位组织她出去旅游，她也不愿回老家，于是，爸爸就带我一人坐上了开往乡下的公共汽车。在车上，我忍不住满心的幸福问爸爸，说老家那条河里的鱼多不多？爸爸愣了一下，说鱼？我又重复了一句。爸爸惨淡一笑，说河里早就没有鱼了。我以为爸爸骗我，说你小时候的作文……爸爸这才知道我翻看了他的作文，他长叹一声，软着声音说那是二十多年前的事了……河水早几年就给污染了。我不理解污染是什么意思。爸爸灰着脸，黯然半天，也没讲出缘由。

我将信将疑，心想就算河里没鱼，我还可以玩水呀。爸爸的文章里曾这样写道：水中三五成群的小鱼儿，它们从石下钻进钻出，游来游去，一忽儿掉头向西，一忽儿掉头向东，嘴儿一张一合的，使水面上冒起了许多小泡泡。我脱掉鞋，把脚伸进水里，小鱼从脚面蹭我一下，又从脚底蹭我一下，好像亲昵地缠着我。我心里高高兴兴的，像有只小鸟在那儿歌唱。最快乐的是这河水，简直像一位活泼的少女，唱着，跳着，拍打着石头，踏着河滩上那些圆圆的石子，无忧无虑地奔跑着……

我们到老家后，从奶奶嘴中得知，爷爷钓鱼去了。"真的？"我眼睛一亮，一蹦老高，嚷着爸爸快带我去。爸爸似信非信地瞅着奶奶，脸上抹着一丝喜色，说河里现在有鱼了？奶奶恍然地噢了一声，脸色跌下来，嘟噜着一张风干了的丝瓜脸，无奈地说水都没有了，那还有鱼？我的笑被凝住，愣头愣脑地问奶奶，你不是说爷爷去钓鱼了？奶奶苦苦一笑，说你们去看看就知道了。

爸爸就带我去找爷爷。走在乡间的小路上，我东瞅瞅西望望，感到十分新鲜。村子西面的山，爸爸说叫"树山"。我心里纳闷，山上杂草丛生，不见一棵树，咋起名"树山"呢？村里有几座厂房，高大的烟囱冒着滚滚黑雾，将天空弄得灰蒙蒙，一塌糊涂的。见到了那条小河，果然没有一滴水，是一条干河沟，河底布满了大小不一的鹅卵石，偶尔冒出一两蓬叫不上名字的草来，与一些红色的白色的黑色的塑料袋缠绵着。我黯然了。

"那不是你爷爷他们？"爸爸的眼睛亮了一下，惊喜地指着在干河道里围着的一堆老爷爷们说。我颠颠地跑了过去，发现老爷爷们在"钓鱼"——和我在城里公园门口玩的一模一样。

三 代 日 记

　　我到一位朋友家做客，偶然在他的书橱里发现了他们祖孙三代的日记，阅后甚觉有趣，经他本人同意，现各选一篇，以飨大家。

　　朋友父亲的日记是在一沓散发着潮湿味的麻纸上画着的（他的父亲不识字，只能用图记下当时的情景，朋友看图说话，我把意思记了下来）：

1937 年 12 月 2 日　大雪

　　我已经两顿没吃饭了，娘说："喝水吧，狗蛋。"我摇摇头。我不顾寒冷蹲在门口，望着飘着雪花的院子，等待爹的归来——爹早早出去要饭还没回来。娘说："狗蛋，我有办法让你不饥，你躺到炕上去。"我就乖乖地躺到炕上。娘把枕头塞到我屁股下面，又把被子叠方正垫到我双腿下面。娘苦笑着说："狗蛋，饿不饿了？""还饿。"娘说："你的头抵住炕，屁股靠墙，两腿贴着墙尽量往上伸……"哈，我倒立起来后，果然不感到肚子饿了。

　　朋友的日记是写在一本发黄的笔记本上的：

1962 年 8 月 5 日　阴

　　我和妹妹正在树下看蚂蚁搬家，冷不防爹踢了我一脚："你再耍，今儿晌午不让你喝汤。"我忙从地上爬起来摸着干瘪的肚子，说："我不耍了。"爹暖了脸：

"挎个篮去挖野菜。"村里大人小孩天天疯了似的挖，哪还有啊？爹说："去后山沟。"于是，我勒了勒裤带，就提了个小篮去了后山沟。

我一边走一边四下打量，前后左右看得很仔细，生怕漏掉一棵灰灰菜、刺老芽、毛妮棵、面条棵什么的。忽然，我发现前面的地堰上有几棵酸枣树，上面挂着嘟噜连串的红枣。我高兴坏了，忙攀上去摘了一个尝尝，嗨，酸酸甜甜的。我又吃了几个后，忙把小篮里的野菜倒了，开始手忙脚乱地摘酸枣，唯恐有人来跟我抢。几棵树摘完，竟摘了满满一小篮，我一路小跑回到家里，等待着大人的夸奖。不料，爹看到红枣不但没笑脸，反而扬手在我的屁股上打了一巴掌，随手把一篮酸枣全倒进了茅坑里。我哇哇大哭。

"他还是个孩子，知道啥？"娘剜了爹一眼，拉我到怀里，用衣襟给我擦了把泪，叹道："孩子，你不知道，酸枣开胃啊。"我愣愣地盯着娘，还是迷瞪不开。娘说："人吃了它，就越想吃饭……"

朋友儿子的日记记在一本精美的日记本上：

1993 年 3 月 12 日　晴

我正在看动画片，妈喊我吃饭。我说不饿。妈说："阳阳，你是不是又吃零食了？"我摇摇头。妈见我还坐在电视机前没动，就给我端了碗饺子，嘟囔道："整天不吃饭怎行？"我接过碗，用筷子往嘴里扒拉了一个，努力往肚子里咽："又是羊肉馅的。"我想放碗，但妈在一边监视着我吃，我灵机一动，说："妈，给我拿桶饮料。"妈扭身进了厨房。趁此工夫，我忙把饺子往沙发下扒拉了两个。妈拿来了一桶雪碧。我说："把健胃消食片给我拿来。"妈不知是计，转身去取。我故伎重演又往沙发下扒拉了几个，很快我就把一碗饺子给"吃"完了。妈出来收拾碗筷，嗔了我一眼："就这还不饿呢，一碗饺子让狗吃了？！"晚上，妈去跳舞了。我把饺子从沙发下弄出来，倒进院子里的狗槽里。看着狗吃完，我才回房间打电子游戏……

我想变成一只蚕

这天，我给女儿批改作业，语文老师布置的是以《我想……》为题目，写一篇800字作文。我发现女儿写的是《我想变成一只蚕》，我旋即吃了一惊，变什么不好非要变成蚕？她已经是个初中学生了，怎么还会有这想法呢？我来不及多想，忙拿起作业本一字不漏地看起来：

蚕除了桑叶别的什么东西也不吃，吃的时候异常珍惜，不浪费。它们吃桑叶，总是顺着一处吃，而且吃得干干净净，常常连一小片渣儿也不留下。不像人类，吃饭吃菜时挑三拣四，这也不能吃，那也不敢吃，假冒伪劣防不胜防，吃的不科学还容易得富贵病。俗话说病从口入，说的就是我们人类……

是呀！猪肉不能吃，因为饲料中含有激素；面粉不能吃，是用硫黄熏白的……女儿说的也不全面，某些人是啥都敢吃，天上飞的除了飞机，地上四条腿的除了板凳。有些人还喜欢讲排场，满桌子菜吃不到二分之一。饭店把顾客吃不完的剩饭剩菜，都倒给泔水缸让人拉走喂猪了，这些"垃圾猪"长大后都又让人给吃了，能不得病？除了吃，人还抽烟喝酒，甚至还要吃"回扣"，弄不好就进了监狱……我收回自己的思路，继续看女儿的作文：

蚕吃东西从不争食，更不霸占某一片桑叶作为自己的"领地"，就是两个蚕吃得碰了头，他们也只是把头摆一摆，然后又各自找另一处吃。彼此之间，从不扯皮斗殴。它们从来不哭，也从来不笑，不会制造噪音影响其他动物（包括人）的工作和休息；蚕屙的屎一点也不臭，而且还可做枕头、入药。

我下意识地点点头，心说女儿说得不错。远的不说，前天，楼上两位邻居因为楼道里堆放煤球的事，先是吵后是打，110 和 120 都出动了……仔细想想，蚕的长处还真不少，不管主人怎么伺候它们，它们总是一副宠辱不惊的样子，没有官本位意识，不会溜须拍马，不会阿谀奉承。蚕尽管身子那么柔软，却没有一个做出点头哈腰卑躬屈膝的动作。不像我们有些人当面问好上司，转身就对上司的背影唾骂。女儿在作文里写道：

蚕从小到大都光着身子，在结茧之前不再吃东西，而且要把体内的杂质都排除干净，让自己变得通体透亮，干干净净，清清白白，十分纯洁。蚕吃桑叶，吐出的却是蚕丝，不像某些人，吃的是山珍海味，喝的是琼浆玉液，吐出的是空话假话和脏话……

我忽然间脸红了，好像女儿说的某些人就是我。昨天上午我给省里来的领导汇报工作，什么我们单位首先从思想上提高认识，充分领会所从事的工作的重要性和必要性，什么其次是加强落实，把各项工作落到了实处，什么第三是加强领导，做好协调工作等等，不都是废话吗？自然，中午陪领导在"醉八仙"酒楼喝的是茅台吃的是燕窝。

我忽然间有了想法，那就是我也想变成一只蚕。

琴　声

　　还是我搬进新房不久。那天早上，我在书房里看书，刚翻了两页，就听到楼下传来叮叮咚咚的钢琴声。我这人一向缺少音乐细胞，对琴声更是缺乏好感；再者，我喜欢清静。因此，我觉得这琴声嘈杂骚乱，搅人心扉。我竭力不去想它，可那烦人的钢琴声偏偏萦绕在耳边，声音似乎越来越大。

　　书是看不下去了，我就打开电脑，准备敲篇文章。为了不受楼下钢琴声的干扰，我随手把电脑上的音乐放开，这也是我写作的习惯。可是，那琴声还是固执地往我的耳朵里钻。我走到门口想下楼提醒楼下的邻居，但又没勇气去阻止人家——你说是噪音，人家说是艺术，闹不好弄得鸡犬不宁邻里不和……自己刚刚搬来，还没认识呢，就闹红脸，人家背后不定怎么叨咕咱呢。没办法，我关闭门窗，用棉球塞住耳朵……谢天谢地，大约有一个小时，那琴声终于消停了。

　　不料想，第二天同一时段，楼下的琴声又响起了，咿咿呀呀地像鸭叫一样难听。我在赶一部中篇小说，正写至精彩处，思路被打断了……这怎么行？如此下去，我这个作家失业不说，只怕要疯了。我再也坐不住了，就下楼去敲邻居家的门。

　　门开后，我呆住了。开门的是一位举止娴静、风姿秀逸的女孩，要多漂亮有多漂亮：黑色的长发，明澈的眼睛，嫩白的皮肤，高高的个头，身着红色的连衣裙……说实话，我小说中的人物也没这么美丽。我心如鹿撞惊诧了许久。

　　女孩的脸上慢慢绽出笑靥，温柔地说，您找谁？

　　我回过神来，掩饰了一下尴尬的表情，说我是楼上的邻居……刚才是你弹的琴？

女孩嫣然一笑，说我弹得不好吗？她的语气里透出得意。

我磕巴了一下，说，好，好，非常好听。

真的？女孩的眼睛一眨，眨出了千种情波。

我忙不迭地点点头，说真的，不骗你。

说也奇怪，第二天，当那琴声再响起时，我细细品味，感觉那琴声是那样的甜润悠扬婉转动听，犹如一股清泉为迷途之人洗去心灵的污垢，为身心疲惫的人洗去满身的尘埃。仔细琢磨，那琴声里，有清晨撩人心扉的鸡鸣犬吠，有山间清澈见底的潺潺流水，有阳春三月的花开遍地和莺歌燕舞，还有万里碧空的蓝天白云和艳阳高照。那琴声像是在诉说，像在安慰，让人陶醉，让人忘怀，让人变得澄清透明……有时候，我什么事情也不干，索性打开窗户坐在阳台上专心听那琴声，让一串串灵动跳跃的音符轻轻滑过心田，快乐地舞动着，一边想象着女孩坐在钢琴边秀发飘扬，纤纤手指灵活地在琴键上跳来跳去；有时候，我一边听着悠扬的琴声，一边在电脑前敲字，而且思维敏捷文笔优美。如果哪天琴声没有响起，我就会心神不宁，一个字也敲不出来……

那美妙的琴声似乎很遥远，遥不可及，又似乎很近，萦绕在我耳际。我曾就这琴声写了如下的文字：……美妙无比的旋律，行云流水的演奏，能使人心醉神迷，忘却一切烦恼和忧伤，消除所有呻吟和叹息。野兽听到她的琴声会变得温和柔顺，俯首帖耳；参天大树听了她的琴声会弯下枝干点头称赞；冥顽石头听过她的琴声会感动得移位行走……

我还这样写道：弹琴的女孩，手指洁白，曼妙的音符从她指间轻轻跳出，仿佛春日里微风的呢喃。弹琴的女孩，头发散落在肩上，伴随着乐曲旋律抖动，宛如碧水中荡漾的涟漪……

女孩是做什么工作的？她有男朋友了吗？她有过感情纠葛吗？她那么恬静不会没故事吧？……我心神不宁，思潮起伏，终于鼓起勇气写下一首诗来表白我内心的情感：

你弹起缠绵悠扬的琴声／琴声袅袅飘向蓝天相拥的白云……／你每一次轻淡的笑容／也从你缠绵悠扬的琴声中袅袅升起／逶迤着我的情怀／琴声在过滤我的情感……／请让我／微笑地走向你／和你相挽走过／有风有雨的日子……

当那悠扬的琴声又响起时，我拿着打印出来的诗稿下楼了，准备以此为借口走近女孩。

门开了。开门的是一位两鬓霜白满脸沧桑的老太太，她说你找谁？我愣怔半天，才说刚才是您在弹琴吗？老太太的脸笑成了一朵衰菊，说是呀，我弹得不好吗？我说这几天一直都是您在弹吗？老太太得意地说，我孙女上个月就去美国了，我这才有机会弹啊……

我是一只粗瓷碗

　　我是一只瓷碗，一只普普通通的瓷碗，一只用陶土烧制的粗瓷碗。我原本生活在一农家，因打了两个豁口被主人丢弃到了垃圾堆里。我饱经风霜了多天被一捡破烂的李老汉收养，李老汉把我沐浴了一番后放到了他拉的人力车上，渴了用我喝喝水而已。虽则如此，我还是十分感谢捡破烂的李老汉，毕竟他给了我一个安身之处，而且我也有了发挥余热的地方。

　　这天，李老汉去一家文化单位收购废旧物资，无非是一些过期的报纸作废的文件讲话稿什么的。前几次单位的人都用来换了卫生纸，这次单位的人不换卫生纸了，而是让李老汉去帮忙布置一个会场，那些废旧物品就归他所有。李老汉见有利可图，自然满口答应下来。

　　李老汉在歇息的间隙把我带了进去，我才知道，这家文化单位将要举办一个工艺品展评活动，李老汉的任务就是帮忙摆放那些大大小小、形态各异的工艺品。李老汉这次赚大了，跑前跑后忙得不亦乐乎。单位的王科长站在一边呵斥着李老汉，说老头慢点儿，哪一件损坏你都赔偿不起。李老汉唯唯诺诺，一副和珅的模样。李老汉喝过水后，就随手把我放在了展架上。我和李老汉一样，感到很自卑，因为我的周围摆放的都是千姿百态、光彩夺目的工艺品：左边是一个雕琢精美的水晶杯，杯身映出华灯璀璨的光芒，闪现出七彩的霓虹；右边是一个搪瓷烧盘，色彩鲜明，精美细巧；前边是一个类似酒杯的器皿，玲珑剔透，蓝边淡青藏着半透明的花纹，好像是镂空的，又像会漏水，放射出晶莹的光辉……我算什么玩意呢？不伦不类的，感觉自己好像是一只羊来到骆驼群里。

李老汉一直忙活了两个多小时才让王科长满意。他给累得灰头土脸，被汗水溻湿的衣服散发出一种酸臭味。王科长揪了一下鼻子，似乎有点厌恶李老汉，但他良心大大的好，除了事先谈好的条件，他把十多条曾经飘扬过的大横幅无偿送给了李老汉。李老汉满心欢喜，千恩万谢地走了。

我替李老汉高兴的同时，也恨透了他——他得意忘形得发了昏，把我遗忘在了展台上！一时间，我局促不安，唯恐王科长他们发现我，把我给摔了。我不敢想象粉身碎骨的下场。

怕处有鬼痒处有虱。我害怕得不知如何是好的时候，几个胸口上别着鲜花的嘉宾谈笑风生地走了过来。我从王科长的嘴里得知，他们都是专家，是应邀来做本次评展活动的评委的。

评委们走到我面前，哥伦布找到新大陆似的唰地把目光聚焦到我身上，一个个目瞪口呆！王科长这才发现了我，他慌乱地手足无措，正要张嘴给大家解释，一位头发谢了顶的评委指点着我，竖起大拇指，说，好，这叫返璞归真！

一位挺着啤酒肚的评委点了点头，说，妙，这是原始的匠心独运！

一位酒糟鼻的评委一脸惊喜，说，高，实在是高！

一位蓄着长发的评委说，CK，瞧这碗上的两个豁口……啧啧，断臂的维纳斯，这叫残缺美！……

王科长好半天才回过神来，看到评委们对我赞不绝口好评如潮，他松了一口气，悄悄地抹了一把额头上的汗，很是佩服地附和道，说我今天算是长了见识……真是听各位专家一席话，胜似我读十年书。

我如坠云山雾海，心说是这世界变化快还是我不明白？

令我吃惊的还在后面，我以全票荣获本次工艺品参评活动一等奖。

等李老汉想起我时已近中午，他忙返回来找到我而且要把我带走。王科长急忙把李老汉拉到一旁，说这个碗我买下了，说罢甩手给了李老汉两张百元的票子。李老汉以为在梦中，使劲掐了一下自己的大腿，疼得他咧了一下嘴，才嘿嘿笑着揣上钱颠屁颠颠地走了。

我不怪李老汉见钱眼开丢下我不管，他也是个俗人，我不也是在向往美好的生活吗？但此刻我却高兴不起来，认为自己是"皇帝的新装"中的那个皇帝，唯恐哪个小孩认出我来。我想对评委们说，我是一只瓷碗，一只普普通通的瓷碗，一只用陶土烧制的粗瓷碗……但他们不在跟前，他们此刻由王科长陪着正在酒店里喝酒呢。

不灭的灯

冷风呼呼地刮，冻雨唰唰地下。

漫天的雪地，一片白茫茫的。老罗艰难地行走在山路上。说是路，其实并没有路，到处都是皑皑的白雪。一步一滑，他不敢有一丝一毫的懈怠，稍有不慎，就会滑下深山沟里。为了防滑，他把稻草绑在皮鞋上。随身带的一把稻草用完了，他就把袜子脱下来，套在皮鞋上。可是，没走多少路，袜子就给磨烂了。有一路段特别滑，他干脆脱下皮鞋，光脚走在冰天雪地里。

已经有半个月了，老罗每天都要爬山越岭 40 多公里，工作 10 多个小时，在高压电线杆上一工作就是一整天，甚至连吃饭也是在高空中进行。这半个月，老罗连家也没回过，连给家人通个电话的时间都没有，尽管他的家就在供电所附近。兄弟要在春节前结婚，父亲打电话问他能不能回去帮忙，老罗说了一个"忙"字就挂了电话。所长也让他回家休息，说他连续作战了多天，身体很疲惫。老罗把胸脯一拍，笑着说我长得高，身体棒，力气大，我不上谁上？

虽然天寒地冻，但老罗走得大汗淋漓。山坡上有不少灌木丛，枝条表面有冰，冰里面裹着刺。但是，为了不至于被滑倒，他不得不用手去拽那些灌木丛。手被划破了，加之冰雪的冻，不但变得僵硬，而且又麻又疼。他不时把手靠拢嘴边呼口热气暖和一下。

走啊走，路似乎没有尽头。雪在继续下，越往上走积雪越厚，风也越来越凛冽了。雪打在脸上很痛很痛……身上的工作服早已被冻雨淋湿，结成了冰，像是厚重的铠甲一般。老罗开始有些体力不支了，走一步都非常困难，但他不敢停歇下来，如果停下来，被汗水湿漉的内衣就变得冰凉冰凉，甚至有可能会被冻死在路上。

老罗饥了，就掏出口袋里干硬的烧饼啃一口，渴了，就抓一把雪吃。为了减轻负担，保存体力，出发前连水也没带。老罗终于登上了山顶，来到了高压线杆下边。他来不及喘气，就一边敲冰，一边艰难地往高压线杆上攀爬。输电线路当初设计时只有 10 厘米覆冰的厚度。10 厘米对南方这座城市来说已经是不可思议了，而这个冬天超出了人们的意料，60 厘米的覆冰缠裹在电线上，把电线压得很低，很低。老罗登上了铁塔，用保险带把自己挂在高压线杆上，然后开始用锤敲打电线上的冰凌。

寒风呼啸，冻雨肆虐。老罗奋力地敲打着……一个小时后，工作已完成的老罗松了一口气，他活动了一下有点僵硬有点酸软有点疼痛的身体，正要准备下杆时，谁也没想到，由于电杆不堪覆冰重负，自杆基以上 0.5 米处突然断裂倒塌，他没来得及喊出一声，便随杆摔到在地，顿时不省人事，鲜血把白雪染红了……

大年三十吃团圆饭时，老罗的家人围聚在一张桌子上，有一个位置空着，但摆上了碗筷和酒杯，那是给老罗留的。

老罗其实并不老，他今年才 34 岁。

老罗在冰雪中倒下，却点燃了万家灯火……

心　锁

　　刘师傅因当年小儿麻痹留下了后遗症，走起路来不利索，一瘸一拐的，找不到别的吃饭门路，就在街口那儿摆了个修锁的摊子。随着岁月的流逝，修锁无数的他练就了一手高超的技艺，只要是锁，没有他打不开的，被人誉为"锁王"。因此，他在当地成了不大不小的名人，可以说是家喻户晓妇孺皆知，就连当地的公安部门也和他常来常往，一旦有案件上需要开锁的事儿，便请他去解决问题。刘师傅因有了这手绝活儿，被人敬重不说，吃香的喝辣的，日子十分滋润。

　　为了学到刘师傅的绝技，就有不少人动了心思，有的采取金钱开路，有的利用美色诱惑，有的进行威逼要挟……但他都一一拒绝了。时间久了，大家都知道他的这个古怪脾气，也就没人自讨没趣拜他为师了。但是，这并不影响刘师傅的声誉。他心地善良，乐善好施。若你修锁一时没钱，只管走人就是，他从不开口要，等你下次来一并付时，他却早把这事给忘了，淡淡地说有这茬事儿吗？若是听到谁家有了难事，就让人捎去三十元五十元的。后来，他的年纪渐长，身体也一天不如一天，大家都劝他物色个徒弟：左邻右舍怕丢了钥匙进不了家门；当地的公安部门怕他的绝技失传影响案件的进展……刘师傅便动了心思，心说他这手技术还真不能后继无人，要不然会给大伙带来多少麻烦多少不便啊？于是，他经过层层筛选，初步物色了两个年轻人，一个叫大张，一个叫小李。

　　这是多少人梦寐以求的好事啊！因此两个年轻人乐得屁颠屁颠的，每天围着刘师傅嘘长问短，跟敬佛似的。一段时间过后，大张和小李都学到了不少东西，配个钥匙修个锁都不成问题，但他们学的也只是皮毛，还没有得到刘师傅的真传。刘师傅呢，有他的想法，认为他的绝技只能单传，也就是说只能传给其中的一个人。大张聪明伶俐，为人热情豪爽；小李木讷老实，心地善良……两个徒弟各有千秋不分伯仲，传给哪个好呢？刘师傅为难之余，决定对他们两个进行一次测试，谁的表现好就把真经传给谁。就这样，刘师傅弄来了两个保险柜，分别放在两个房间内，然后让大张和小李去打开。

大张用了不到十分钟就把保险柜打开了，在场的人都为他高超的技术叫好。大张自以为胜券在握，也就掩饰不住一脸的得意。小李用了十五分钟才把保险柜打开，技术明显不如大张。小李羞着脸看了刘师傅一眼，但刘师傅并没责怪他。在场的人也都一致认为，刘师傅要淘汰的将是小李。从另一方面讲，大张是个下岗职工，妻子常年有病，日子说不出的艰难，相比之下，小李的家庭条件要优越得多。

刘师傅平静地问大张，说你打开的保险柜里都有什么？

大张喜形于色，悄声说师傅，保险柜里有一沓百元的钞票，一个金戒指，一块手表，一挂项链。

刘师傅转身问小李，说说你打开的保险柜里都有什么？

小李的鼻尖上渗出了汗珠，笨嘴拙舌地说师傅，我没看保险柜里都有什么，您只让我打开锁。

刘师傅赞许地对小李点了点头，说好，好，好！然后，刘师傅郑重地当场宣布，小李正式成为他的接班人。众人大惑不解，议论纷纷。大张也表示不服气，忍不住说凭什么呀？难道小李的手艺比我好？刘师傅没有说别的，而是拍了拍大张的肩膀，说凭你的手艺和聪明，回去开个修锁的铺子还是饿不死的。大张心有不甘，那样子似乎非让师傅解释清楚他输给小李的缘由。刘师傅叹了口气，遗憾地说，因为你打开了两把锁。大张愣愣不解，说师傅你冤枉我，我刚才只打开了一把锁啊？在场的人也都随声附和，说是啊，大张并没做错什么啊，刘师傅是不是糊涂了？刘师傅微微一笑，说我虽然老了，但心不糊涂。说罢他转向大张，语重心长地说，孩子，干我们这一行的，必须做到心中只有锁而没有其他东西，心中还必须有一把不能打开的锁，那就是欲望！

在场的人恍然大悟。大张的脸倏地红了。

名医张一刀

张志杰是县医院的内科主治大夫，有名的肿瘤专家。他的内科医术世代相传而来，本来就十分出色，加上他在医学院进修学到的专业理论知识，再加上他在医院二十多年里积累了极其丰富的治疗经验，总是手到病除，人称"张一刀"。他不仅医术高超，医德更为高尚，请他治疗的病人，有高级干部、知名人士，但更多的是平民百姓，无论是谁他都一视同仁，而且从不收取红包，很得病人和家属的信任。因此在县医院，乃至整个小县城，他是颇有名望、技术高超的医生。

这天，一位中年妇女在丈夫的陪同下来找张一刀。中年妇女曾是张一刀的病人，半年前她的子宫里长了个恶性的肿瘤给切除了。她的丈夫还给张一刀送了一个"妙手回春医术高，华佗再世不虚名"的锦匾。中年妇女的脸色没有一点光泽，枯萎得如同一张干瘪的黄菜叶，眼睛四周的青晕像染了色似的，可以看出她虚弱到了极点。她说，半年来，肚子里经常隐隐作痛，特别是伤口那地方。中年妇女的丈夫担心地说，她有时疼起来哭爹叫娘，满炕打滚……是瘤子没割净还是又长出了新瘤子？张一刀先是望、闻、问、切，然后让病人做了CT。

中年妇女满脸不安。她的丈夫惊恐地说张医生，有事儿没有？张一刀抖了下手中的片子，笑着安慰他们说，没事没事，估计又长了一个瘤子，再开一刀就OK了。中年妇女的丈夫感激地说，谢谢张医生，全靠你了。张一刀说，谢我什么？这是我的职责。

手术开始了。虽然是半身麻醉，中年妇女的脸色仍是苍白得不成人样，连痛楚的呻吟声也哼不出来，手术过程中一直处于昏迷状态。张一刀从助手手中接过剪子、镊子，小心娴熟地在病人的肚子上划拉着。忽然，张一刀愣怔住了，三位助手也呆了——病人肚子里的那处"阴影"不是肿瘤，是一块粘血带脓的纱布！毫无疑问，这块纱布是张一刀在上次给病人做手术时，遗忘在病人的肚子里了。手术室里开着空调，可张一刀的额角却渗出了豆大的汗珠子。容不得他过多地思考，手术继续进行：粘血带脓的纱布给取了出来，他把伤口部位认真处理后开始缝合刀口……他一针一针缝合得很慢，像虚脱了一般。

张一刀回到办公室，浑身被汗水湿透了。三位助手随后跟了进来锁上了门，一位助手说，张医生，请您放心，这件事情我们三个不会说出去的。其他两位助手也异口同声说，我们不会说去的。张一刀苦苦一笑，说，这样行吗？三位助手真急了，唧唧喳喳说开了：

"我们不说出去，病人和家属不但不知道，反而感谢我们还来不及呢。"

"如果说出真相，不但败坏了您的名声，我们医院也跟着倒霉。"

"就是，他们知道了真相，不会放过我们的。"

……

张一刀无力地挥了挥手，说，好了，你们出去吧，让我静心考虑一下。

三位助手出去了，张一刀陷入了痛苦的挣扎中：要么什么也不说，告诉病人，摘除的是肿瘤；要么说出真相，给病人赔礼道歉。如果隐瞒真相，不影响他什么，反而给他带来更高的声誉，在他的行医史上添上"精彩"的一笔；如果实话实说，病人能饶恕自己吗？医院怎么对待自己？外界怎么评价自己？自己还是悬壶济世、力起沉疴的名医吗？……张一刀心内辗转不已，像辘轳一般。

中年妇女苏醒了，看到"张一刀"站在自己的床前，只听他沉声说道，对不起大妹子，你并没长肿瘤，是上次我给你做手术时把一团纱布丢到你的肚子里了！中年妇女和她的丈夫全惊呆了。中年妇女的丈夫上前"啪"地打了张一刀一耳光，气愤地吼道：你算啥玩意儿？

……

张一刀被医院开除了，赔偿了中年妇女六万元。小县城沸沸扬扬了好一阵：

"狗屁张一刀，简直就是个庸医！"

"这个医生太玩忽职守了，视病人的生死似儿戏。"

"幸亏我那次去省城动手术了，若去找他，只怕早不在人世了。"

……

张一刀闭门不出，就在家里看看书，练练太极，养了几盆花……有老朋友问他，你现在身败名裂，不后悔吗？他淡淡一笑，说，不后悔。

乔迁，男，本名乔立波，黑龙江省作家协会会员，讷河市作家协会副主席。迄今已在《百花园》《芒种》《微型小说选刊》《小小说选刊》等百余家报刊发表小说、故事 500 余篇。多篇作品被转载，百余篇作品被选入多种选本，已出版个人文集 5 部。曾获《小小说选刊》全国小小说优秀作品奖。作品集《开在窗玻璃上的花》荣获 2009 年冰心儿童图书奖。

乔迁卷

与百万富翁擦肩而过

朋友张员是个推销员，有一个贤惠的妻子和一个可爱的两岁儿子。在保险无处不在的今天，张员自然不会落下。张员投保的险种是家庭险，很特别的一种险，投保的赔偿额是一百万元，如灵一家三口之中哪个人出现失踪或死亡，这个家都将得到一百万元。张员之所以保一个这样的险，是为妻子和儿子考虑的，用张员自己的话说，整日在外奔跑，危险概率那是相当高，万一自己身有不测，也好让他们母子俩今后的生活有依有靠。

但张员没有想到的是，他的家庭真的遭到了不测，可遭到不测的不是他，而是他两岁的儿子。张员的儿子失踪了，一眼没照看到被人贩子抱走了。儿子被卖到什么地方，无从知道。儿子失踪，让张员和妻子痛不欲生，张员辞掉了工作，天南海北地寻找儿子，找了将近一年，也没有找到。回到家中时，妻子告诉张员，保险公司即将赔偿他们一百万元。张员这才想起保险的事，那原本是想自己有不测时留给妻子和儿子的，世事弄人，却成了儿子留给他和妻子的。张员忍不住泪雨纷飞。

保险合同约定，失踪一年后被视为死亡，支付一百万元赔偿费。随着支付赔偿费的日子渐渐来临，张员的心虽然为失去儿子痛苦，但也为即将得到一百万元而有些欣喜。要知道，一百万是让人可以称为富翁的数字，多少人一辈子梦寐以求想成为百万富翁啊！张员没有想过自己会成为富翁的，但儿子却使他即将成为富翁。

支付赔偿费的日子到了，张员和妻子怀着悲伤喜悦相互交织的复杂心情去领取百万赔偿。就在他们正要签取一百万时，张员接到了公安局的电话，电话告知，他的儿子找到了，外地公安部门破获了一起拐卖儿童案，解救了一批被拐卖的儿童，其中就有张员的儿子。

张员猛地扔掉了正要签字领钱的笔，一把抱住了妻子，热泪盈眶地叫喊起来："儿子找到了，我儿子找到了！"

我到张员家祝贺张员的儿子回来，谈起一百万赔偿费，我说："只差一分钟，你就成百万富翁了。"

张员笑笑，脸上没有丝毫的懊悔和惋惜，目光深爱地看着玩耍的儿子说道："只要有我儿子，百万富翁又算得了什么。"

窗

　　春光灿灿烂烂地照在院子里，淡雅清新的气息随风飘荡，春天已经来了。院子里那株老树已绽绿，把粗大斑驳的身躯笼罩在伸展的绿叶下。几只不知名的小虫藏在枝叶里"沙沙"地鸣唱着，阳光真好。

　　孩子的脸紧紧贴在窗玻璃上，鼻子压得扁扁的，稚嫩的小脸在窗玻璃上挤压成了一个平面。两只黑亮黑亮的大眼睛目不转睛地望着窗外老树下玩耍的几个孩子，他们是小猴、小猫、小花，还有小狗，这是他们的绰号。自己也有，叫小兔。孩子回想着，咯咯地笑出声来。望了一会儿，孩子眼睛有些酸，他把目光向上抬了抬，窗外的天空蓝蓝的，几朵雪白的云慢悠悠地飘过来。要是能在那上边多好……孩子想。雪白的云游走了，从孩子的眼睛里走掉了。天空蓝得透明，像深深的平静的一面湖，孩子多想到那湖里畅游一番呀！

　　孩子把目光转回到树下，小花开始跳皮筋了，两只小辫子随着她一跳一跳的上下翻飞着。小猴呢？小猴又爬到树上去了，他爬得又灵巧又轻快，一蹿一蹿真像只猴子……孩子心里突然涌上一股说不出的难受。孩子回过头来，瞧了一眼窝在沙发里看杂志的父亲，脸红了。他怯生生地冲父亲叫了一声："爸爸，屋里真闷。"父亲抬起头，没有看孩子，站起身来把窗户上边的透风口打开了。一股凉丝丝的空气从透风口钻了进来。孩子深深地吸了两口，没再说什么，瞅了瞅又回到沙发里看起杂志的父亲，扭转头把小脸又压在了窗玻璃上……小猴爬得真快，都钻到树叶里去了，从树叶里探出圆圆的黑黑的小脑袋。小猴在摆手，小猴看见我了，冲我摆手呢！孩子心里一阵欢喜。但这欢喜立刻就变成了一股说不出的委屈漾在了孩子的心里，孩子的心酸酸的。小猴滑到树下去了，他们开始踢沙包了。小猫踢得最好，但小猫还踢不过我的。孩子心里有了一丝得意。

"爸爸，我想……我想……出去玩一会儿！"孩子终于忍不住了，回过头来，望着父亲，吞吞吐吐小声恳求着。父亲抬头看了一眼孩子，起身走到窗前，往出看了看，然后抚摩了一下孩子的头说："别出去了，跟那些野孩子能学什么。"

"他们不是野孩子，他们是咱这楼里的孩子。"孩子昂起头，瞪着充满希望的大眼睛，对父亲嚷道。

"好了，听话。"父亲皱了下眉头，口气透出一丝严厉。拍拍孩子的头，又坐回到沙发里。孩子委屈极了，他猛地转过头去，把脸狠狠地贴在了窗玻璃上，眼睛里涌出了大滴大滴的泪水。

突然，一只小鸟从透风口钻了进来，啾啾地啼叫着，在屋里打着旋地飞，它找不到进来的入口了。孩子惊喜地叫了起来："爸爸，小鸟！"父亲跳起来，飞快地把透风口关上了。小鸟唯一可以飞出去的出口被堵死了。孩子兴奋的目光紧紧追随着小鸟，父亲则在不停地哄撵着小鸟，小鸟惊恐地在屋子里不停地飞转着。小鸟终于飞不动了，扑颤着翅膀顺着窗玻璃滑落下来。父亲扑过去，一把抓住了小鸟。父亲找出他曾用过的鸟笼，把小鸟装了进去，递给孩子。孩子小心翼翼地接过来，生怕笼子里的小鸟会突然跑掉了。当孩子确信小鸟无论如何也飞不出去了，孩子的脸上有了灿烂的笑容。

孩子把鸟笼贴在窗户上。小猴他们还在玩耍呢。看见了吗？我有小鸟，你们有吗！孩子心里得意地冲着窗外的小猴他们说。小鸟真漂亮，可小鸟在笼子里拼命地往外冲撞着。小鸟你安静点，我给你拿蛋糕吃，给你饮料喝。小鸟只是一个劲儿地往外撞着，冲着明亮的窗撞着笼子。小鸟的嘴撞破了，紫红的血从嘴角渗出来……

孩子脸上的笑渐渐不见了，眼里竟有了晶莹的泪珠。孩子默默地搬过来一把椅子，孩子爬上椅子，踮着脚费力地打开了透风口。

"你干什么呀？摔着哇！"父亲惊异的叫声在孩子的背后响起，孩子没理会父亲的叫声，他打开笼子的门，把笼口对向了透风口……小鸟撞了几下，嗖地从打开的笼门和透风口飞了出去。

孩子爬下来，把空笼子递给惊呆了的父亲，转身把脸又贴在了窗玻璃上。孩子的小脸又被压成了一个平面。

谁言寸草心

老张退休了。老张是从人民教师的岗位上退休的。老张感到很光荣。

老张退休回家那天，对也是人民教师的儿子小张说："做一名人民教师是无上光荣的，你能子承父业，也是咱家的光荣。好好干，别愧对了人民教师这几个字。"

小张点了一下头，有些不情愿，但又不得不点头。小张不想做教师，但老张要小张做教师，小张不想惹老张不高兴，就做了一名教师。看着不情愿的小张，老张心里隐隐地不安和担心。可过了一段时日，人民教师小张便一扫脸上的不情愿，高高兴兴地做起教师来，脸上总是挂着做一名人民教师的满足。老张见了，便很是欣慰和高兴了。

这天是星期天，小张打电话找老张，让老张去帮他看护一下辅导班，他有急事要去办。小张办辅导班的事老张知道，老张是不主张教师办辅导班的，看着各类辅导班如雨后春笋般地茁壮生长起来，老张很担忧。老张跟小张说不要办辅导班，不要向钱看，要做一名不为铜臭所染的人民教师。小张告诉老张，他办班不是向钱看，他是不想自己带的班比别的班成绩差，他办班的目的就是给班里学习不好的学生吃吃小灶，提高他们的学习成绩，好提升全班的总成绩。老张很感动，为小张能够如此上进而心有所慰。

老张来到小张的辅导班，一进屋，黑压压的一群学生吓了老张一跳，有些眼花头晕的。镇定了一下，老张问急急要走的小张："怎么这么多学生，你的班学生学习不好的这么多？"

小张一愣,一笑说:"你别管那么多了。作业我布置完了,你看着他们别打闹就行了。"说完,撇下老张急急离去。

老张走到前面坐下来,望着下面黑压压的学生,心里一阵阵发堵发暗。一个学生举手,老张走过去,学生指着一道题问老张怎么做。老张看完题,老张很生气,老张生气地说学生:"一看你就是上课没听讲,如果认真听课,这道题很容易做出来的。"

学生望着老张,委屈不服地说:"我上课从来不溜号的。"

老张说:"不溜号?那这道题怎么做不上呢?这是基本知识呀!"

几个学生凑过来,对老张说:"我们也不会,老师在课堂上没讲。"

老张就怔住了,心里虚虚的,环顾了一下黑压压的学生,气短地问道:"小张老师收你们多少钱?你们班多少学生在这儿?"

学生们望着老张,不说话,脸上都有些害怕的神色。老张见了,就心里咯噔一声。老张没想到,社会上传言的老师上课不讲课,留在辅导班来讲,逼迫学生拿钱上辅导班的事情竟然在自己儿子小张的身上印证了。老张抚了抚胸口,用力说道:"放学吧!"

学生们惊诧地望着老张。

老张一声低吼:"放学!"

小张回来,小张愣住了。教室里只有老张一个人脸色阴沉地坐在那里,学生们都不见了。小张跑过来,急问老张:"学生呢?"

老张轻蔑地望一眼小张,说:"我让他们回去了。"

小张看看老张的脸色,心里有些明白了,小声对老张说:"现在许多人都这么做的。"

老张冷冷地望着小张说:"你不行。"

小张委屈地说:"我怎么不行呢?"

老张说:"因为你是我儿子,我管不了别人还能管着你的。我要让我的儿子无愧于人民教师这个称号。"老张拍了拍胸口,"辅导班不要办了,要把知识在课堂上传授给学生,而不是让学生们花钱来买。"老张站起身来说。

小张不服地说:"这都什么时代了,付出便要有所得,我又没偷又没抢的。"

老张望着小张的眼睛,一字一顿地说道:"这比偷比抢更让人痛恶。一名教师，付出所得到的是不能用金钱来计算的，是要用你的学生成材多少来计算的。"

小张不屑地说道："谁现在还讲这些。我的辅导班不能停。"

老张望着小张冷笑一声说："不停？你试试。"说完，抬脚走了。

小张的辅导班没有停。老张知道了，什么也没说，走进了教育局。

小张气恼恼地来找老张，恨恨地对老张说："你还是不是我父亲？你去教育局告我，让教育局把我的教师资格拿掉，你能得到什么？虎毒不食子呢，你为什么要害我？"

老张眼里泪花闪闪，但语气坚决地说道："我不能让一个不合格的教师害了他的学生……"

爱

　　他是一名医生，他的妻子是一名护士，他们工作在同一所医院。春天来临了，他们感觉很幸福。并不是因为春天来了感觉幸福，而是因为他们有了爱情的结晶，他们的孩子即将出生，这让他们有一种惶惶的要为人父人母的幸福感。

　　这天早上，他对休息在家的妻子说："明天你就回医院住院吧，同事们还问你呢！"他的妻子笑笑，点点头。他过来，两手环拢着妻子的腰，耳朵轻轻贴在妻子隆起的肚子上听，仰着脸兴奋地对妻子说道："他不想待在里面了，真要出来了。"然后一脸幸福地上班去了。

　　这时候，SARS 已经在南方城市出现了。这里虽然还没有，但已是高度紧张了，他和同事们一样，心里都悄悄地庆幸着 SARS 没有光临这座城市。他们知道 SARS 的危害性。如果这座城市出现了 SARS 患者，那么，他们的医院是接收 SARS 患者的合格医院。作为医生、护士，他们知道他们将面对的意味着什么。

　　他所担心的事情终于还是来临了。事情的发生对他来说还具有一些戏剧性，当他做完手术从手术室出来的时候，这座城市第一例 SARS 患者也住进了他们医院，同时，他和医院里所有的医生护士一样，失去了走出医院大门的自由。

　　就在被告知不能走出医院大门时，他接到了妻子的电话。妻子在电话里痛苦地叫道："你快回来吧，我肚子痛得厉害，怕要生了！"

　　他手猛地抖了一下，电话险些脱手。但他迅速镇定下来，他是一名技术和心理都十分优秀的医生。在一次次的大手术中对突发问题他都能够用最短的时间稳妥地处理好。他对电话里呻吟的妻子说道："我现在不能回去。医院里有了非典型肺炎患者，所有的医护人员全部不准走出医院大门。"

妻子焦急地喊道："我很疼，是真的要生了。"

他脑门沁出了一层细密的汗珠，他不知道怎么办。他想放下电话去找院长，但这个念头只是闪了一下，立即消失了。他知道他不能那么做。现在，他们每个医护人员都可能是"非典"病原的携带者。他立刻对电话那边的妻子说道："现在，只有靠你自己了，别忘了，你是个护士，我相信你……能够做到……"他感觉到自己的声音在剧烈地颤抖。

他听到了妻子大声喘息的话语："你等着，我打电话给你。"

电话挂断了。他握着话筒，一脸的汗水。他和妻子都是从外地来到这座城市的，在这座城市里，他们没有一个亲人。

等待是痛苦不堪的，每一分钟他都感觉像经过了一个漫长的黑夜，他在无边的黑暗中艰难地跋涉着，焦灼而心痛地寻找着黎明。不知过了多久，电话响了，他猛地睁开眼睛，一缕阳光从窗外射进来，落在他的脸上。他缓慢地拿起电话，一声嘹亮的婴儿啼哭声从电话里跑了出来。一刹那，泪水夺眶而出。身后响起了一片激动热烈的掌声，许多同事不知什么时候站在了他的身后，正目光殷切地望着他，祝福着他。

妻子疲惫的声音传来："你不用担心我，整幢楼的人差不多都来了……"

电话里传来一个中年妇女的声音："你放心吧！你爱人就交给我们了，等你回来时，保证你爱人和孩子都白白胖胖的。"电话里响起了几个妇女欢快的笑声。

他哽咽着道："谢谢，谢谢你们。"

放下电话，他和他的同事们微笑着出现在了患者面前。

不断有 SARS 患者被送来，每位 SARS 患者都看到了一张张快乐的迎接他们的笑脸，像春天的微笑。他和他的同事们把这春天的微笑送给了每一位患者，让他们看到希望和阳光，让他们用微笑去战胜死神。

他不幸感染了 SARS 病毒。

作为医生，他知道这意味着什么。他透过病房的玻璃望了望医院大门，大门外的街道上偶尔有一两个人匆匆走过，白色的口罩像一道闪电，刺痛了他的眼睛。

他用手机在病房里打电话给妻子，他平静地对妻子说道："我感染了。我真想看一眼你和孩子。"

他听到了妻子的哭声。

他笑笑说："别哭，还没那么严重。你把奶哭没了饿着我儿子，我可饶不了你。"他努力地对妻子玩笑着说。

他喘息渐渐困难了，他知道，同死神争夺生命存在的时刻就要来临了。他说："我可能不再给你打电话了！"

他听到妻子不容置疑的口气："别忘了，你是一名医生，你有在死神手里夺回生命的能力，我相信你……能够做到……"

一周后，他妻子接到了他的电话。

他声音微弱，但透着丝丝活力。电话接通后，他对妻子说道："让我们的儿子接电话。"

开在窗玻璃上的花

他回到家的时候，新闻联播已经开始了。

妻子躺在沙发里，拿着一本书看。她总是这样，让电视作为收音机伴随着她读书。他进屋，妻子就起身，把早已做好的饭菜端来，然后俩人默默地吃饭，不时地望一眼电视。妻子已不再唠叨他回来得晚了，因为他经常要忙到这个时候才回来，妻子不得不习惯他的晚归。

电视里出现了一幅北方城市举办冬运会的画面，他突然停下筷子，望着电视屏幕，他注意到画面里的人呼出的团团白雾，还有从天空飘飘飞落的雪花……他瞬间迷失了自己，神情迷离，自语地说道："我的老家，也该是隆冬了。"

妻子就好奇地瞪大眼睛去瞧屏幕，那幅画面已经闪逝了，她是一个从没有经历过寒冷的冬天和见过落雪的南方女人。她望着痴迷的丈夫说："你老家冬天里也是冷得窗玻璃都结冰吗？"她是从书里面读到的。

他醒过来，把目光投向了窗户，透过窗玻璃清晰地望见了窗外昏暗中的一片绿色。幽幽地说道："是的，冬天里窗玻璃都开花。"

"开花？"妻子把目光惊奇地投向他，她问："窗玻璃怎么能开花呢？是贴的那种剪纸花吧。"

他收回目光，望着妻子，没有回答她。他觉得这是一个相当难以回答的问题，他已经有十年没回北方的老家了，老家寒冬里开在窗玻璃上的花，已经在黯然流逝的记忆里开始融化，小溪流水般地奔向远方……他说："不，不是剪纸，是自然形成的，在窗玻璃上结成的冰花，只有寒冷的北方冬天里才能生成，很美，很漂亮。"

妻子就凑到他的眼前，仰着脸有些天真地问："那花开得很大吧？"

"大，大！"他突然跳起来，神情昂奋，激动不已地说道："我要回老家，看看老家的窗花。"他觉得他一时一刻都不能再等下去了，仿佛冬天会在一夜梦醒后就过去了，明天的老家就会是春天般的温暖。

老家的春天就像这里一样，是不会有窗花的。"我现在就走。"他说。

妻子惊讶地张了张嘴，起身去给他整理行装。她知道他决定的事情是不容更改的，她能理解他现在是一种什么样的心情。她喜欢男人雷厉风行的劲头。她把背包挎在他的肩上柔柔地说："我不跟你回去了，给妈妈她老人家问好，让她原谅我这个不孝的儿媳。"妻子说话的声音像是被寒风吹着了，颤颤地让人觉得冷。

他微笑着点点头，他想不出生在南方长在南方的妻子能否承受得了北国的寒冷。他说："我回来告诉你窗玻璃是怎么开花的。"

他坐了三天三夜的火车，又倒了两次汽车，才回到老家。

年迈的母亲有些不敢相信眼前站着的就是自己的儿子，她已经有十年没有见到他了，但她每年都会收到儿子寄给她的一大把钱。

他站在母亲的面前，突然间感觉到母亲忽远忽近……

他对母亲说："儿媳要跟回来看你，我没让。"母亲笑笑说："看我干什么，咱这儿还不冻坏她。"母亲仔细地端详着他的脸，满意地说："她对你好吧！"

他使劲地点点头。

母亲说："那就好。"

从他进屋的那一刻起，母亲就不停地烧炕。母亲把炕烧得热烘烘的，热得他都不敢用手摸。他问母亲："早晨的时候，窗玻璃还结冰花吗？"

母亲迟疑了一下，说："结，还是很厚的一层。这比不得南方……"

他欣慰地笑了。

他一夜睡得十分踏实，香甜。他找到了童年时的感觉，在外边疯够了，跑累了，回到家中一头扎在母亲的怀里，躺在母亲烧得热烘烘的火炕上，让母亲揉着冻红的小脸……一觉醒来，天就会大亮，屋里的凉气便会向他压来，使他赖在暖被窝里不愿起来，在母亲"太阳已经照腚"的笑骂中飞快地穿上母亲已经用自己的被窝焐热了的棉袄棉裤。

他醒来时，天真是大亮了。屋里是温热的，炕还热得有点烫脊梁，根本就感觉不到一丝凉气……他慌忙坐起身来——看见了清晰透亮的窗玻璃。

母亲进来，给他端来冒着热气的洗脸水。他想问问母亲，窗玻璃怎么没有结冰花呢？他害怕母亲问他问这个干什么，他不知道该怎样来回答母亲。他想，明天他醒得早一些就是了。

入夜，他在睡梦中被一阵轻微的瑟瑟声闹醒了。他看见了一丝火光，从灶间里透出来。他慌忙地跳下炕，扑向灶间，他想到失火了。扑进灶间——他瞧见母亲正不时地往灶口里添柴，红红的火光闪映着母亲一张慈祥而又苍老的面容……那一直热得烫手的火炕，原是母亲夜间在不断地烧着柴火。

母亲看见他，立刻大叫起来："快进去，快进去，冻着。"母亲过来推他，母亲的力气很大，让他无法站稳，他又回到了热乎乎的被窝里。

他心酸地对母亲说："不冷，别烧了。"

母亲就笑说："忘了你小时候冻得不起炕的时候了。你在南方都待惯了，北方的冬天这么冷，你哪还受得了。"

他说："跟我去南方吧，南方不冷。"

母亲摇摇头说："不，我不去，南方热得要命，我在这里待惯了，离不开。"

他有些忧伤，不说话。

母亲感觉到了他的忧伤，母亲说："你年年给我邮那么多钱，全村人都夸你有孝心，那么远还惦记着妈……其实，妈跟你一样，就是待得顺服了，顺服了，南方北方都一样，还不都是一个活。"

母亲的脸有些红，屋里此时的温度那么像南方，甚至比南方的温度还要高。他说："妈，不用再烧了，够热的了。"

母亲伸手给他掖了掖被角，说："睡吧，烧热点免得冻着你。"

他固执起来，像个孩子似的说："妈，你也睡吧，你不睡，我就不睡。"

母亲就笑笑说："睡，我这就去睡。"

母亲走后，他一直没睡，他又听到灶间不断地响起母亲往灶口里续柴火的沙沙声，他在沙沙声中泪水汹涌。

天色将明的时候，他却睡着了。等他醒来的时候，他看见了窗外纷扬的雪花。下雪了，气温又降了，而眼前的窗玻璃还是没有一点冰花，他清晰地看见雪花旋转着落下来。

　　母亲睡着了，睡得很香，靠在他的脚旁。窗前不知什么时候母亲放了两个火盆，一缕青烟袅袅升起。

　　袅袅青烟中他看见了自己小时候，常常在下雪的早晨，趴在窗台上，用舌头舔、吹气去融化窗玻璃上厚厚的冰花，那一幅幅茂密的森林，形状各异的冰雕一圈圈地融化了，透过玻璃去看落雪……

　　他把目光收回来，去看母亲，母亲睡熟的脸上挂着浓浓的笑。母亲满头的白发渐渐模糊了他的眼睛，他喃喃地说道："花开了……"

　　他回到了温暖如春的南方。

　　妻子欢喜地迎上来，兴奋地说："电视里说北方又下大雪了。你看见窗玻璃开花了吧！什么样？像什么？"

　　他望着窗外的一片绿色，像是对妻子又像是对自己说："像什么？像森林，像冰雕，像云，更像母亲的那头白发……"

不 要 晒 脸

　　书生只是我们公司新投资开发的新贵小区的一名建筑工，新贵小区是我负责的工程，开工建设开始，当包工头领着一大群民工走进工地时，我一眼便注意到了夹杂在那些民工中的书生。他要比那些民工白了许多的面孔，以及文质彬彬的气质不容你不一眼就注意上他。我望着书生问包工头："怎么还有个白面书生呢？"包工头嘿嘿一笑说："您还真说对了，还真就是个书生，念完大学三四年了也找不到正式工作，有时就跑来干这个，虽然力气不大，但肯下力的。"

　　我微笑着挥挥手，让包工头领着夹杂着一个白面书生的庞大民工队伍开进了工地。这年头，念完大学找不到工作的人太多了，虽然像书生这样当民工的没有见过，但也不该算是什么太过稀奇的事。虽然不太稀奇，但每进工地，我都不由得要关注一下书生。的确，书生干活儿肯卖力气，不过，在劳作的过程中，他不像那些民工，一热就打赤膊，他总是把工作服穿得整整齐齐，而且在安全帽下还扣了一顶宽边大沿的草帽，使整张脸都躲在宽边草帽的阴影中。他这一近乎另类的装束引起了我的好奇，我把他叫到跟前，指指他安全帽下的大草帽问："怎么还戴个草帽？"

　　书生的脸红了红，有些不好意思地说："我怕晒。"

　　安全帽下扣着一顶草帽的书生，成了工地上一道极不和谐的风景。民工们经常取笑他这道风景。虽然被取笑，但他却坚持不把这道风景改变和抹去，就让这道风景从开工一直到完工。

　　就在建筑队撤出新贵小区，小区户主开始入住时，书生又来到了新贵小区。

书生是来找我的。见面后，未说话，书生的脸先红了，讷讷地说："我想请你帮个忙。"

我望着历经温热的春天、火热的夏天都没有晒黑脸的书生，想不出他想让我帮他什么忙。我说："你说，看我能不能帮上你。"

书生的脸更红了，望了一眼闪闪放射着高贵光芒的新贵小区，下了很大力气地说道："我想借个楼房用两天，就用两天。"

我吃惊地望着他："你要借个楼房用两天？"

书生慌忙说："不是借，是租，租两天。"他伸手从兜里掏出一沓钱说："我刚算的工钱，你看看需要多少租金。"

我摇摇头说："不是钱的问题，小区的每栋楼房都是有主的，我没有权力租给你。即使有想出租的，也不可能只出租两天的。"

书生充满渴望的脸顿时灰白了下来，沮丧地望着小区里的漂亮楼房。

我疑问道："你干吗要在这儿租楼房呢？而且还只租两天？"

书生神色哀伤地说道："我父亲要来看看我。这个小区的楼我跟着建的，熟悉这里，如果他问我小区里的情况，我能说得上来，别的地方我不熟。我父亲只待两天的。"

我心里刷地一下，我说："你不想把脸晒黑也是为了让你父亲看的吧？"

书生点点头，伤感地说道："我是我们村唯一念出书来的人，我父亲是唯一支持我念书的人，他始终坚信书中自有黄金屋，念了书才有大出息的。可他没想到，我念了大学同样也没像他想象的那样出息。我不想让他伤心，更不想让村里那些反对和嗤笑他让我念书的人笑话他，我告诉他我在大公司上班，挣很多钱，住高贵楼房。"大滴的泪珠从书生的眼中滴落下来。

我拍拍书生的肩膀，同情地说道："读了大学找不到工作的人多了，你还行，没工作还肯到工地做工。你父亲应该为有你这样的儿子高兴的。"

书生摇摇头："我说什么也不能让我父亲知道，他费尽心血供我读书的结果是现在这个样子啊！你就帮帮我吧，我父亲明天就来了。"书生把手里的钱往我的手里塞。

我推开书生的钱，想想说："这样，有一户正在装修，我跟户主关系还行，我去找他，你明天把你父亲领来，就说是你的楼，正在装修，我配合你。然后把你父亲领到旅馆去住，用这钱带你父亲在城里逛逛吧。"

书生激动得泪眼蒙蒙，声音沙哑地说道："谢谢！谢谢！"

我也有些激动地说："不用谢，谁都有父亲。"

第二天，书生领着他的父亲来了。一进小区大门，我立刻迎了上去，恭敬地笑着对书生说："李先生好，来看您的楼装得怎么样了！"

书生脸上掠过一丝慌乱，连忙点了一下头。我前头带路引领着他们走进小区里。

从楼里出来，书生的父亲很高兴，脸上的喜悦掩饰不住地流淌出来。走到小区门口，书生的父亲站住了，恋恋不舍地回望了一眼小区，有些羞涩地对书生说道："能不能……在这儿照个相？"

我立刻明白了书生父亲的意思，他一定是想在这儿照张相拿回去，给村里人看，告诉他们，他的儿子有多出息，住这么好的地方，他让书生念书是对的。我忙说："你们等一下，我去找个相机。"我拿着相机回来，书生和他的父亲已经在小区大门前站好了，他们的身后是亮丽华贵的楼区。按下快门的一瞬间，我看到书生父亲紧紧地抓住了书生的手，脸上的笑容无比灿烂。

书生拿着相机去洗相，让父亲在这儿等着。看着书生身影消失，书生父亲突然冲我深深地鞠了一躬。书生父亲的这一举动把我闹蒙了，我连忙扶起老人说："老人家，你这是干什么呀？"

书生父亲抬起头，饱经风霜的脸上挂着两行泪水，老人说道："谢谢你，帮我儿子圆了一个父亲的面子。不过，你别告诉他我知道他不是在大公司上班坐办公室的。"

我忙说："老人家，你说什么呀？李先生真是在大公司上班的。"

书生父亲苦笑着摇摇头说："虽然他的脸色是像坐办公室的，可照相的时候，我抓着他的手，他的手掌里全是干粗活儿磨下的茧子呀，比我这手掌的茧子还多呢！"

爱情的滋味

　　他坐在我的对面，夕阳的光芒洒在我们的身上和脸上，也洒在我们脚下的棋盘上。我们刚下完一盘棋，棋盘上的棋子还有一多半，但胜负已分。他输了。这是我们认识并成为棋友以来从没有过的局面。我们每次下棋，每盘棋下完，棋盘上最多也就剩下五六个零星散落的棋子。我们的棋艺不仅平凡、相当，而且都是拼杀型的。

　　今天这盘棋的结局出乎我的意料，他投子认输后，从他的脸上看不到以往输棋后不服气的表情，看到的是他心不在焉以至于目光飘忽不定的神情。他心里有事了。我敲敲棋盘，问他："你心里有事了吧？"

　　他笑笑，回头望一眼街对面正在建设中的大楼，转回头来说了一句："快盖完了。"他是那座正在建设的大楼工地上的一名建筑工，也是我们常常说到的从农村来到城市里打工的农民工。不过，他不像其他农村来的民工那样，低眉矮眼地走在城市里，对每一个城市人，甚至城市里的水泥建筑都心存畏惧，不敢接近，喜欢猫在民工群之中。而他，来到工地的第二天我们便认识了。那天我们一帮子人也在这马路边下棋，许多所谓的城里人，城里男人，都喜欢吃过晚饭后往马路边一蹲，下棋。他从对面的工地上过来了，一个人过来的，什么时候过来的没人注意，让人注意到他是因为他在我的身后支了一步棋，使我的棋起死回生。老话有"旁观者清"一说，但也有"观棋不语"之说，他说话了，跟我下棋的人厌恶地白了他一眼，竟丢下棋子起身走了。他一下子脸红了，涨红。其实这种马路边下棋谁还在乎多一两句嘴，跟我下棋的那人平常也是不太在乎的，可今天他起身走了，就因为站在我身后的他多了一句嘴。我知道对手起身而去的原因，因为多嘴的是一个在建筑工地干活儿的民工，他在乎他是个民工。城里这样的人很多，而且许多人生活并不比农村人富有，可就是觉得自己比农村人高出一等。他涨红着脸站在我的身后，有些不知所措。我有些过意不去，连忙招呼他："来，杀一盘。"他犹豫了一下，便坐到了我的对面，感恩似的对我微微笑了笑。两盘棋下完，我们便成了棋友。

话可能说得远了些，我要说的是，虽然他不是太畏惧城市和城里人，但他毕竟是个从农村来的民工，而且是没有多少文化的民工，这是事实。我在今天也是在这一刻以前，始终认为一个农村来的民工除了干活儿吃饭睡觉以外，能下下棋已经是很了不起的了。可我错了，我没想到他会有心事，而且，在我问过他后，他望着我，竟然问了我一个让我十分惊讶的问题，他问我说："爱情是个啥滋味？"

如果不是面对面，谁能够相信一个民工会问出这样的话来。

他的问题把我难住了。我怎么回答呢？当然，我恋爱过，也结婚了，可我从来没有吧嗒吧嗒嘴认认真真地想过爱情是个啥滋味。我相信，大多数人都跟我一样，没吧嗒过嘴想过爱情是个啥滋味的。

我只好把这个问题又抛回去，我说："你也结婚了，你还不知道爱情是个啥滋味。"

他突然一笑，很腼腆地笑，说："可我没谈过恋爱。"

我忍不住笑，说："那你不会像赵本山小品里说的那样，结婚后再恋爱嘛！"

他脸上的笑容一点点地收敛了，目光疑惑地望着我说："你说，结婚后还咋谈恋爱？"

我被他又打了一榧子，我咋知道结婚后咋谈恋爱呢？恋爱应该是结婚以前的事情啊！谈恋爱才能产生爱情，有爱情才能有婚姻，这是公认的。他没谈恋爱就结婚了，那爱情呢？好像是没有的，如果有，他还会问吗！反过来看看我们，谈恋爱，找到爱情，结婚。可爱情是个啥滋味呢？甜蜜，幸福，好像没感觉，即使有也是微弱的，近乎让人感触不到。

我只好诚实地对他说："我也说不清爱情是个啥滋味，虽然我是先恋爱后结婚的。"

　　他犹豫了一下，缓缓地从兜里掏出一封信，小心地从信封中把信纸抽出来，一点点地展开。展开信纸时，他的脸上又有了笑，是那种凝重幸福的发自内心的笑。他把展开的信递给我说："我知道爱情是个啥滋味。"

　　我不接他递过来的信，说："你知道爱情是个啥滋味，它是个啥滋味？"

　　他把信往我面前又递了一步说："我说不出来，但我能感觉出来，我有感觉，是那种说不出来的感觉，那滋味让人感觉真好。"

　　我接过了信，信是他老婆让人给他捎来的。

　　信上竟然没有字，一个字也没有，只是用铅笔画了几个圈。我不解地望着他："这是什么？"

　　他不好意思地笑笑，说："我老婆不识字。"他指着信上画着的 0000+0 说："这是五个馒头。"

　　"五个馒头！"我问："什么意思？怎么四个圈还加一个圈呢？"

　　他说："我在家一顿能吃四个馒头，她让我在这儿再多吃一个，干活儿累，别饿着。"

　　那一瞬间，我感觉到我的内心深处猛地汹涌出一股酸酸的东西，它强烈得令我的眼睛发涩。我把信轻轻地叠好，心怀虔诚地把画有五个圈的信还到他的手里，我说："爱情真是个好滋味，兄弟。"

　　夕阳的最后一抹红晕染红了他的脸，他红色的脸上挂满了爱情的滋味。

谁知盘中餐

　　每年的年终岁尾，县里都要召开全县工作总结大会。今年的总结大会开得很热烈，之所以热烈，是因为今年比去年财政收入增收了三分之一，是历史性的突破，这说明全县的经济工作向前迈了一大步，人民群众的生活水准将进一步提高。

　　县是地地道道以农业为主的农业县，经济增长的功劳与各乡镇的努力工作是分不开的，张县长在大会上高度称赞和肯定了各乡镇的工作，张县长的话让乡镇长们脸上容光焕发，喜笑颜开。

　　按惯例，总结大会后，县长要在县招待所宴请各乡镇长，好好犒劳一下乡镇长们。今年自然也不例外，在入会场前乡镇长们已收到特别通知，散会后张县长在招待所宴请。收到通知的乡镇长们虽不感觉意外，但还是感到十分荣幸，县长请乡镇长是上级请下级，这就是认可，下级得到上级的认可还不是一件值得高兴和荣幸的事吗？

　　散会后，乡镇长们来到招待所，张县长还没有到，十几个乡镇长围桌而坐，闲扯起来。扯了一会儿，乡镇长们望着空空的桌面感觉有些不对，每年这个时候热菜不上，凉菜也摆了半桌子了，可今年桌子上连个菜叶都没有。乡镇长们满脸疑问地你看我我看你的，张县长今天请咱们吃什么呀？

　　"我看呢，一定是烤全羊之类的大餐了！"一乡镇长说道。

　　"为什么？"众乡镇长立刻问道。

　　"你们想啊，今年财政比去年增收三分之一，张县长在大会上对咱们倍加赞扬，今年的这顿饭还不得规格高一些。"提起话题的乡镇长胸有成竹地说道。

"对呀！张县长这是要请咱们吃大餐啊！"众乡镇长如梦初醒，立刻热烈地探讨起张县长请吃什么大餐来。

乡镇长们正探讨得激烈呢，张县长来了。乡镇长们立刻住了话语，纷纷站起来迎接张县长，满脸喜悦地望着张县长。张县长坐下后，摆摆手让乡镇长们也坐下，然后面色平和地逐个看了看每位乡镇长，说道："刚才在会上我也说了，今年财政比去年增收三分之一，跟你们的辛勤工作是分不开的，现在我代表县委县政府对各位表示衷心的感谢！"

各乡镇长立刻谦虚恭敬地接受张县长的感谢，嘴上纷说着县里领导有方、自己能力不够等等话语，心里却是十分的高兴。

张县长又挥挥手，挡住了乡镇长们谦恭的话语，说道："为了表示感谢，也按每年的惯例，请大家吃顿饭。希望大家吃好！"张县长回头吩咐服务员："端上来吧！"

服务员转身出去端进来一个大盘子，放在了桌子中间。欢心期待如烤全羊一样大餐的乡镇长们一下子愣住了，端上来的竟是一大盘炸熟的土豆，而且还是没剥皮的。乡镇长们目瞪口呆地望着桌子上散发着热气的炸土豆。

张县长似乎没注意到乡镇长们惊讶的表情，伸手拿起一个土豆，热情地招呼乡镇长们说："吃啊，这可是咱们县的主产粮食作物啊！"张县长剥着土豆皮。

乡镇长们怔怔地望着张县长。

张县长专心地剥着土豆皮，不看乡镇长们像是念报告似的说道："今年财政收入增长了三分之一，是历史性的突破，可喜可贺啊！水涨船高，各位所在乡镇的吃喝费也是历史性的突破呀，比财政收入增长的速度幅度要快要高得多，最少的也比去年增长一倍吧！"

乡镇长们脸红了起来，不少人额头沁出了汗水，使额头看上去油亮油亮的。

张县长剥好了土豆，咬了一口说道："你们怎么不吃啊？嫌不好吃啊？咱县百分之七十的老百姓这一年可就全靠这土豆过活呢！这土豆可是宝啊，既能当菜又能当饭的，尝尝。"

乡镇长们慌忙伸手去捉桌上的土豆。

张县长望一眼笨拙地剥着土豆皮的乡镇长们，脸上闪过一丝不易察觉的微笑。

张县长又拿起一个土豆，剥着皮问道："什么味道？"

乡镇长们突然眼中都泪光闪闪，不住地往嘴里塞着土豆，谁也没说什么味道。

谁 的 责 任

　　记者赵林刚到报社，部主任便把一封信交给他说："群众反映市郊的湿地被附近村民大片开垦，你去调查一下，看看是部门监管不力，还是村民强行开垦，搞清谁的责任，写一篇报道。市郊的这片湿地与咱们城市空气的好坏可是有直接的关系呀！"

　　赵林接过群众来信，读罢，气愤地拍在桌子上说："太可恶了，都被开垦三分之一了。湿地可是咱们地球的肺啊！我这就去调查，一定搞清楚谁的责任，好好报道报道，痛批一下。"说完，赵林立刻起身。

　　赵林先来到市郊的湿地，当亲眼看到大片的湿地被开垦成黑黑的田地后，赵林感觉自己的肺好像有些呼吸不畅，堵得难受。有几个村民还在开垦出来的田地上整弄着。赵林走过去，心痛地质问村民："谁让你们开垦的？"

　　几个村民相互望望，有些畏惧地望着赵林，讷讷地说："没谁让我们开垦，我们看这里一直荒着，就开垦点来种的。"

　　"什么？荒着？这是湿地呀！是地球的肺呀！就像人的肺一样啊！你们这是在破坏生态，是犯法的行为。"赵林为村民的无知气愤不已，大声喊道。

　　一听犯法，几个村民脸色惨白，哆哆嗦嗦地说道："我们也不知道开点荒地还犯法的呀，就觉得这地荒着可惜了的。也没人告诉我们开垦荒地是犯法的呀！"几个村民近乎哭腔地说。

　　赵林又气又怜地冲几个村民摆摆手说："行了，你们不知道，责任也不全在你们，领我去你们村委会一趟，村委会没能制止你们开垦和管理好湿地，该负重大责任。"

几个村民一听说村委会负有重大责任，一转身就跑没影儿了。望着跑去的村民，赵林好气又好笑，无奈，只好打听着找到村委会。见到村主任，赵林把湿地被开垦的情况一说，刚要质问村主任，村主任眼一瞪，惊讶而委屈地叫道："真的吗？也不知道他们私自去开垦湿地呀，知道了怎么能不制止呢！"

赵林不满村主任的叫屈，质问道："难道你们不知道湿地是受重点保护的吗？你们村里没安排人进行看护吗？"

"什么？看护？"村长更加惊讶地叫道，转而一笑，如释重负地说道："看护什么呀，这湿地又不归我们村所有。如归我们村所有，大开荒那年就开成田地了，还用等到现在私自去开垦。这片地归你们城里的。"

"归城里？"赵林惊讶。

"对呀！保准是归你们城里管的。"村主任肯定地说。"要说责任吗，村民私自开垦是有责任，但这么多年了，就没见你们城里哪个部门哪个人来管过这片地，如果有人管，也不至于被开垦啊！"村主任望着赵林的脸色缓缓说道。

赵林起身就走，村民私自开垦湿地是有责任，但这个责任是主管部门疏于管理而造成的，主要责任还在于湿地的管理部门。返回城里，赵林仔细琢磨了一下，湿地也是土地，既然是土地，就应该归土地部门管理。赵林就直奔土地管理部门。见到部门负责人，赵林把情况说完，还没责问土地部门的责任，负责人一脸冤枉地说道："这湿地不归我们管啊！我们从来就没管过这片湿地呀！"

赵林就有些发蒙，望着负责人说："不归你们管，归哪儿管啊？"

负责人想了想说："这湿地是调节生态环境的，应该归环保部门管吧！你去环保部门看看吧！"赵林只好起身出来了。

赵林来到环保部门。负责人听完赵林关于湿地被开垦的诉说，很是气愤，恨恨地说："这些村民啊，为了一点私利，就敢私自开垦湿地，太令人悲愤了啊！这湿地可是咱们这座城市的一个空气净化器呀！竟然给破坏得这么严重。"

赵林怕负责人愤恨起来没完，连忙问道："这片湿地咱们怎么没派人管理呢？"

"管理？管理什么？咱们有什么权力管理呀！也不归咱们管的。"负责人很是无奈地说道。

"不归咱们管？"赵林疑问道。

"是呀！咱们哪有管理权呀！不过，咱们有处罚权，可以对破坏生态的单位和个人进行处罚，追究其责任。你知道归哪个部门管理吗？我们一定要追究管理部门的责任。"负责人咬着牙说。

赵林哭笑不得地说："我还以为你们是管理部门呢！"

"湿地主要是水草丰盛，应该归农业部门管理吧？"负责人有些模棱两可地说道。

赵林只好起身，奔向农业部门。

赵林跑了一圈，也没找到湿地的管理部门，自然也没搞清谁的责任。回到报社，赵林把调查情况跟部主任汇报后，十分愤恨地说："竟然没有管理部门，看着湿地被破坏，竟找不到责任人。"

部主任脸色沉重地叹了一声说："调查得不错，已经找到责任人了。"

"没有哇！没有管理部门啊！"赵林不解地说。

"有，就是市政府啊！"部主任说道。

赵林恍然大悟，没有主管部门，市政府可不就是管理部门嘛！市政府没把湿地划归部门管理，本身就有责任啊！赵林望望部主任，迟疑地说道："这个报道发吗？市政府的责任写吗？"

部主任站起身来，盯着赵林说道："报道发了，市政府怪罪下来，你担得起责任？"

赵林一怔，起身往外走说："谁的责任还没搞清呢，我慢慢调查吧！"

上　学

　　山根是中午回到家的，傍晚时就敲开了村小学教师徐老师的家门。徐老师开门见是山根，有些惊讶，村里出门打工的后生们还没谁回来后登他的家门，虽然都曾是他的学生。山根也是他的学生，可山根在他的课堂上只坐了三天，一个字还没学会呢，就不念了，像山根一样做过他学生的人村子里可是不少，他让他们念书，他们不念，是因为穷，他只有心痛。出外打工是近两年的事，出去的人回来多多少少都拿回点钞票来，这就促使更多人脱离土地外出打工，好在土地不是很多，在家的女人也忙得过来。

　　山根给徐老师带来了礼物。徐老师心里很感动，不收，徐老师说："你拎回去吧！在外挣点钱也不容易，不要乱花钱。"山根红了脸，把礼物往徐老师跟前一推说："徐老师，你一定要收下，我想……我想……拜师。"山根脸红到了脖根儿，眼睛不敢看徐老师。徐老师愣住了，直愣愣地望着山根。山根抬起头，诚恳地对徐老师说："我想上学，想识字，不想做睁眼瞎了，你不知道睁眼瞎在外打工吃多少亏呀！跟人家签合同就因为不识字被骗了工钱，还说不出理来……没文化，不识字，钱挣得少不说，还让人家瞧不起，骂咱是刚出壳的土包子……徐老师，你教我认字吧！我到你课堂上听也行，就……让我补一补吧！"山根眼里噙满了泪水。徐老师感动了，动情地说道："山根，我答应你。这样吧，我白天给那些孩子上课，你晚上到学校来，我教你。这几天出外打工回来的不少，你再看看村里谁想学就一块儿来吧！唉，没有文化，出外打工也不是那么好过的呀！"徐老师感叹一声。山根乐了，说："我明儿个就找他们，保准都想学的。"徐老师说："好，那咱明天晚上就开学，不能再耽搁了。"

第二天晚上，徐老师吃完晚饭早早来到了学校。山根已经来了，一个人站在校门口。徐老师心里有些失落。山根说："他们都不来，说都这么大了还学什么，怪丢人的。"徐老师就长叹一声："学无止境，怎么就不明白呢！走，进屋，上课。"

山根刚学了一个字，山根的女人就来了。跟着山根女人来的还有许多人，是来看热闹的。山根的女人冲进教室，直扑到山根的面前，哭叫着对山根说："你嫌不嫌丢人呢？你都这么大岁数了还上什么学呀？念什么字呀？呵，出外打了几天工，心就野了，想认几个字在外找女人了，你这没良心的……呜呜。"山根女人这一闹，这课就没法上了，徐老师看看门口越来越多的人，每个人的脸上都很兴奋，徐老师心里一片灰暗，对山根说道："你先回去吧！能行，明天晚上再来。"山根脸红红的，突然伸手在女人的脸上撸了一巴掌，怒气冲冲地走出教室。女人没命地号叫了一声，紧跟着撺了出去。人群中有人说话："打女人了，这小子怕是真有外心了，快看看去。"人群转头呼呼啦啦地向山根家跑去。

徐老师把手里的粉笔捏断了。

第二天晚上，徐老师来到学校。不一会儿，山根来了。徐老师望望山根，山根脸色灰暗，对徐老师说："上课吧！"白天里徐老师已听说山根昨晚上把女人痛打了一顿的。徐老师点了一下头，回身在黑板上大大地写了一个字，他转过身来，教室里已多了一个人，是山根的爹。

山根爹黑着脸，站在山根的旁边，看都不看徐老师一眼。山根爹威严地对山根说："你还上什么学？你是有女人的人，不好好过日子，别说我不认你这个儿。"山根爹说完就走了，走路的声音踏得很响，不像来时一点声音都没有。山根就从凳子上站了起来，他看看徐老师，徐老师望着他，脸色悲哀。山根含着泪走到讲台，把手中为了学习特地买回来的一只新钢笔轻轻地放在徐老师的讲桌上，冲徐老师深深地鞠了一躬，转身走了。

徐老师拿起山根留下的钢笔，两滴清泪落在了讲桌上。

村里有人看见：徐老师在教室里整整坐了一夜。

山根第二天一早就又外出打工去了。

一　元　钱

平从车站口出来，妻笑盈盈地迎上来。妻笑得很甜，从他的手里接过干瘪的提包，柔情地望着他说："什么都不要在乎，回来就好。"

平呼地心热得一眼窝子泪。平南下"淘金"一年多，许多同平一块儿去的人已腰缠万贯，平却依旧一贫如洗。平心里清楚，自己不是那"淘金"的人，只是那种有一份安定的工作安稳过日子的人。可平还是南下了，平是在妻子强烈的梦想中，极不情愿地辞去了安定的工作，去南方圆发财梦的，确切地说，是圆妻子的发财梦。平在南方度日如年，常常找不到活儿干，他想回家，可他不知道没有了稳定的工作他还能干什么？面对迫切希望自己成为"款爷"的妻子说些什么？这时，平收到了妻子的来信，妻子在信中说，她现在迫切地希望他回来，钱并不是主要的……显然，妻子不仅仅是因为想念他了，而是他不可能成为"款爷"了。平还是读湿了妻子的来信。

妻子望着他的目光柔情似水，像初恋时久久深望着他的目光，平的心里就滚热了。有人从他的身边走过去，碰了他一下，他才从妻子的目光中醒悟过来，脸红地把自己的目光移开了妻子的脸。

平目光一转，恰巧落在了一个靠在墙角处的老人身上。那是一个衣不裹体乞讨的老人。老人半跪着，头微垂着，纤细的脖子像是会随时折断的样子，颤巍巍地支撑着头颅，花白的头发像稻草似的蓬乱不堪，很扎眼。平心里深深地动了一下，不由自主地朝老人走去。

老人察觉到有人走过来，站在了他的面前，就颤巍巍地抬起头来。平看见了一双灰色的、无神的、透着凄苦悲凉的眼睛。

平摸兜掏钱，掏了个底朝天，才掏出一元钱。平只剩下这一元钱了。平知道，如果妻子不来接他，他就用这一元钱坐三站地的车，再走上三百米到家。而现在平知道了，即使妻子真的没来接他，他也会毫不犹豫地将这一元钱送给这位乞讨的老人。

平把钱递过去。他看见老人眼里涌出了感激的泪水，颤抖着干裂的嘴，声音嘶哑地说道："好人啊，谢谢……"老人伸出一双黑黑的鸡爪般干瘦的手颤颤地来接钱。

老人的手刚刚触到钱，突然一只手伸过来，飞快地把一元钱抢了过去。平抬头，是妻子。妻子拽着平就走："这样的人多了，都假装骗钱的。"

平看见了老人眼里失望的痛苦，平说："他不是装的，就一元钱……"平想到了在南方时的自己，心里一片酸楚。

妻子大声大气喊道："哪个骗子会告诉你他是骗子？一元钱也是钱，也不能让那个老东西骗去啊！"妻子的脸上已是阳光散去，乌云笼罩。

平站住了，不认识似的望着妻子。突然抬手，"啪"地一声，妻子挨了平一耳光。平从被打呆住了的妻子身边走过去，喃喃地说着："他多可怜，你根本不懂……一元钱……"

妻子捂着火辣辣的脸，怔怔地望着头也不回向前走去的平，委屈地冲着平的背影喊道："平，你疯了吧？"

折 竹 签

在又一次提拔榜上无名后，老高陷入了人生的又一次悲哀之中。在机关里工作的老高，跟大多数在机关里工作的人一样不能脱俗，做梦都想登上一个领导岗位。毕竟，领导岗位还是有着太多诱惑的。

老高要喝酒，喝酒的目的自然是借酒消愁，诉诉内心的苦闷。老高就打电话找我，我是他最好的听众。俩人喝酒不宜吃炒菜，就去吃烧烤。

一口干掉一杯酒，老高撸嚼了一串肉，悲愤地说道："为什么呀？我工作上哪点不如他们啊！"老高所说的他们一定是这次被提拔的人。

老高工作能力很强，也很埋头苦干。老高的妻子因为老高经常加班而不顾家而哀怨。

我自作明了时世劝慰老高说："提拔不提拔也不能光靠工作能力，跟领导搞好关系也很重要。"

老高一仰脖又干了一杯酒，眼睛红了说："这我能不知道吗？我在机关里混了这么多年，我能不知道跟领导关系密切的重要性？说实话，我是处处小心谨慎维护着局长啊！生怕哪里不注意让局长不满意的。别的不说，局长他爹死时，我他妈哭的比局长还悲痛呢，咱不就是想让局长知道咱对他真心真意的吗？可怎么样？提拔时还是没有我。"

能力水平不差，与局长关系处得也行，可就是不得提拔，我还真想不出老高因为什么不得提拔。望着老高醉红的脸，愤怒的神色，我知道不能再往下寻找不得提拔的原因了，再问下去只能加重老高的痛苦。我安慰老高说："不提拔就不提拔，有什么呀，无官一身轻，闹个自在。"

老高抬起头，血红着眼睛看着我："什么什么？无官一身轻？那是自欺欺人的说法，有官才一身轻呢！最苦最累的工作都是谁做的？都是像我这样的一般工作人员做的，我们局长、我们科长哪个不是动动嘴皮子把工作安排给我们就是工作的，你说，是无官一身轻还是有官一身轻？"

我忙说："当官的是不用去做最基层的工作，可是他们要比一般工作人员费心费脑累得多呀！"

老高一蹾酒杯说："累个屁。我们这些一般工作人员比他们更费心费脑。你不在机关里是没感受啊，如果你也在机关跟我一样，你就会整天寻思着怎么上个台阶闹个一官半职了，你说累不累？"

我望着老高，突然感觉很累。

老高醉眼蒙眬地说："我现在恨不得把我们局长杀了，让他不提拔我……"

我知道老高喝多了，老高一喝多就恨不提拔他的局长，恨得咬牙切齿如同有杀父之仇。我怕老高没完没了再说出什么更离谱的话来，毕竟人多口杂，老高的话传到他们局长耳朵里，老高这辈子怕真就没有提拔的希望了。我忙招呼老板结账。

烧烤店的老板是个面色温和的中年人，在我和老高喝酒、老高愤愤言语时，站在不远处的他不时地看过来一眼，似乎每看过来一眼，还微笑一下。老板过来，看看我，又看看老高，然后对我们说道："二位，麻烦您把吃完肉串的竹签折一下，有劳了。"

什么？折竹签？我不解地望着面色平和、微笑望着我们的老板。已醉得有些糊涂的老高，似乎也被老板这句让人感觉离奇的话叫醒了，醉眼瞪着老板说："干什么？我们是吃肉串来了还是折竹签来了？"

老板依旧温和地笑着说："这是小店不成文的规矩，您吃完肉串，折了竹签，也便折断了我把已用过的竹签再次串上肉烧烤的念头，这样，可以保证后面来吃肉串的人用的还是新竹签，卫生。要知道，人在欲望面前是很脆弱的，每一根竹签对于我来说都是钱的，我下不去手折，只好请求客人帮我折。谢谢了！"

老高眼睛突然亮亮的，脸上的酒意好像突然消失了，站起身来，冲老板深深地鞠了一躬后，拿起桌子上的竹签，用力地折了起来。

抹灰工老张

湖北人老张，抹灰手艺十分好，因为有此手艺，老张离开了家乡，加入到了滔滔外出打工的农民工队伍。老张原被呼作抹灰匠，或泥瓦匠，因为成了民工，便被叫做抹灰工了。抹灰工在老张听来，怎么听也没有抹灰匠和泥瓦匠听着顺耳，虽然工匠本身就是一家。走在外出务工的民工队伍中，听着抹灰工的呼叫声，心里总觉得低人一等。

哈尔滨那边一个老乡传来消息说，抹灰工每日工钱一百块了，速来。这消息着实令人振奋，老张便和一伙抹灰工迅速北上，直奔冰城哈尔滨。到了哈尔滨，找到老乡，老乡不是抹灰工，是个小工头，把他们领到一个正在建设的体育场馆，挥手一指偌大的场馆说："半个月完工，每天一百块。"老张和其他抹灰工的脸色就有些白，颤颤地说："工钱倒是不低，只是时间怕不够。"老乡工头笑笑说："那好，工钱往下减，加人。"老张他们立刻掏出背着的家什，急急扑进场馆。

收工吃饭时，老张他们已是腰酸手痛，但一想每天一百块的工钱，似乎酸痛减轻了不少。老乡工头把老张他们领到简易的饭堂，饭端上来，一海盆面条。老张他们便有些呆，望着百条怔怔的。老乡工头望望他们，有些不高兴地说："发什么怔？不饿呀？这不是咱们老家湖北，这是东北，米饭等回老家再吃吧！"

老张他们便缓缓地拿起碗筷，慢慢挑了面条，散开去，慢慢地吃起来，看得出来，都是极难下咽的。

一连几天，不是面条就是馒头。老张他们受不住了，要知道，在老家早中晚一天三餐他们都是要吃米饭的呀。老张他们便去找老乡工头，老乡工头并不和他们在一起吃饭的。找到老乡工头时，老乡工头正在小饭馆里喝酒，桌子上有菜，还有一大碗白白的米饭。老张他们看看米饭，咽了一口口水说："不吃米饭，没力气的，这活儿都干不动了。"

老乡工头望望老张他们，叹了一声说："吃什么不是我说了算，是大工头安排的。"目光一扫桌面又说："瞧我这挺滋润的是不？这是我自己掏腰包的，你们想滋润，也自个儿掏腰包吧！"

老张他们就后退了一步，下意识地按了下腰包。这饭菜他们不是吃不起，是不能吃，吃了，心里就觉得对不住家里翘首盼望的老婆孩子，哪里还能滋润啊！老张说："那您跟大工头说说，给我们吃米饭吧！"其他抹灰工也忙附和。

老乡工头摇摇头，苦笑说："没用，你们这么多人，吃米饭就超预算了！"

老张望望其他抹灰工说："那咱们还是别干了，回去收拾家什走吧！"说着就往出走。

老乡工头冷笑一声说："这工钱可不是哪儿都有的。"跟着往外走的抹灰工们就站住了。老张也站住了，望望抹灰工们，叹了一口气。

工期短，活儿多，想吃米饭又吃不到，肚子里有怨气的抹灰工们便玩起了心眼，铺地砖时，也不严格按工艺来，许多地砖铺上去，表面看不出什么，其实下面许多地方是空的。老张见了，便说："不要这样搞，这样不好。"

抹灰工们说："什么好不好的，钱拿到手咱们就走人了，这又看不出来的。"

老张说："不铺实，要踩裂的，说不准还有外国人来这体育场比赛的呢！"

抹灰工们便笑起来，对老张说："还挺注意国际影响的呢！什么外国人中国人的，咱就认钱的。"

老张嘴动动，没说什么。

第二天老乡工头来了，面色沉沉的，手里拎着一截钢筋。抹灰工们见了，心里便慌了。老乡工头过来，把手里的钢筋一挥说："还用我检验吗？"

抹灰工们低低地说道："不用，不用。"忙去把铺得不实的地砖起下来，重铺。

老乡工头哼了一声，转身走了。

老乡工头一走，抹灰工们更骂骂咧咧地说："谁他妈的告状去了？他一个外行，怎么懂得用钢筋来滚地砖检验的？"

傍晚，老乡工头把老张单独叫到了小饭馆。老乡工头感激不尽地对老张说道："谢谢你，老张，要不是你告诉我，我的损失可就大了，这日后地砖坏了，我还能弄到工程吗！老张，我多给你加工钱的。"

老张望着桌子上的酒菜和两大碗米饭，深深地咽了一口唾沫说："不用给我加工钱的，还是给我们吃米饭吧……"

一 只 鸟

　　老伴去世后，老人一个人很孤独，但他又不想再找个老伴，他知道自己已经老了，说不上哪天就去找老伴了。于是，老人就买了一只鸟儿来养。鸟儿买回来后，老人就不觉得那么孤独了，他每天都遛鸟儿，清洁鸟笼，给鸟儿添食喂水，或站在鸟笼前逗一逗鸟儿。那鸟儿十分灵慧，老人给它添食喂水时，它就亲昵地啄一啄老人的手。老人往笼前一站，它就啾啾婉转地唱个不停。老人十分高兴，就买最精细的食物给它吃，鸟儿就吃得很欢。

　　有一天老人出去了，鸟儿感到很无趣，想出笼子飞一飞。鸟儿望着笼门，想了想，跳过去用嘴叼住笼门往上一抬，笼门就开了，原来老人从不锁笼门的。笼门轻而易举地打开了，鸟儿很意外，也很惊喜，还有些后悔没有早些试一试。鸟儿就飞出笼子，在屋里飞来飞去，但它不飞出屋外去，不是它不向往屋外的蓝天白云、阳光雨露，它是害怕飞出去飞不回来，那样它就吃不到精细的食物了。它不想自己去寻找食物，自己寻找食物不仅很累，找到的食物也不如现在的食物好吃。鸟儿飞了一会儿，就自觉地飞回到笼子里，再把门关上。老人回来了，给它添食喂水，也没看出它曾飞出过鸟笼。鸟儿有些窃喜。

　　那以后，只要老人出去，鸟儿就打开笼门出来，在屋子里自由自在地飞翔，约莫老人快回来了，就飞回鸟笼。有两回它还在屋里飞，老人就回来了，它惶惶地飞回笼子，门都来不及关。老人看见笼门没关，又看看鸟儿，丝毫没有怀疑是鸟儿自己打开的笼门，而且出了笼子在屋里飞来飞去。老人以为是自己忘了把笼门关上，庆幸鸟儿没来得及发现笼门是开着的，没飞出笼子。

鸟儿在屋里总是飞得忘乎所以，有一天老人已经进屋了它才发现，它惊出了一身冷汗，想飞回笼子已是来不及了，就忙躲了起来。老人看见笼门开着，再一看鸟儿没在笼子里，以为鸟儿飞跑了，就满屋里找。鸟儿躲藏得很隐蔽，老人没找到，又跑出屋外去找。老人垂头丧气地回来，竟发现鸟儿在笼子里，老人不相信地揉揉眼睛，鸟儿确实在笼子里呢，笼门也好好地关着呢。老人先是惊喜，后一声接一声地长叹：老了，老了！

鸟儿以为老人会把笼门锁上了，鸟儿有些悲伤，以后再也不能在屋里自由自在地飞了。可是老人没有锁笼门，而是拎着笼子出了屋。老人把笼子放在阳光下，把笼门打开了，老人对鸟儿说：走吧，走吧！我老了，说不上哪天就忘了给你添食喂水，你会渴死饿死的。鸟儿不出笼，啾啾地望着老人叫。老人两眼泪光闪闪，伸手把鸟儿从笼子里抓出来，抚摩着它的羽毛说：我知道你舍不得离开我，可我不能让你饿死。老人一扬手，鸟儿飞到了树上，鸟儿在树上看着老人拎着空笼子摇摇晃晃地回屋了。

老人出了一趟门，三天后回来，在门口看见了放飞的那只鸟儿。那鸟儿已经死了，老人有些伤感，把鸟儿捡起来，鸟儿轻飘飘的，显然是饿死的。

老人怎么也想不明白，他已经把鸟儿放了，鸟儿怎么还会饿死呢?

包 谷 熟 了

立春过后，天渐渐暖了。虽然春种越来越近了，可村子里春种的气息却淡得如同白水一般。地里长出来的东西已不那么金贵了，还侍弄个啥劲儿呢！村里的男人们说这话都愤愤地。说着说着，不少男人就打了行囊，把地和家都扔给女人，跑到城里打工去了。男人走时，女人忧愁着脸问男人，那地怎么种？男人大手一挥说，种包谷吧。种包谷你一个人也能侍候过来。女人脸上的忧愁就少了些。

山柱也要走。山柱女人是不想山柱走的。山柱要走不光是因为地里不出钱，山柱还想去城里淘一把金呢，更想去见见五光十色的城市。山柱走时也对女人说，把地都种上包谷吧，你一个人也就能忙活过来了。女人点头，可女人脸上的忧愁一点也没少，女人不怕自己吃苦受累，女人是怕男人在外吃苦受累。女人问山柱，几时能回来？山柱想了想说，包谷熟了我就回来。女人脸上就有了笑，说，等包谷熟了我就给你打电话。

山柱就打了行囊奔进了城市。

春天彻彻底底地来了。大地在和煦的春风吹拂下，开始穿上了绿色衣装。山柱女人起早贪黑地把自家地里种上了包谷。山柱女人点包谷种的时候想，包谷种啊，你快点发芽吧！刚种完了包谷，山柱女人就接到了山柱的电话，山柱在电话里问女人，包谷熟了吗？女人的脸就红红的，热热的，心里甜甜的——男人想她呢！女人就嗔怪山柱说，刚刚种下，还没出苗呢。山柱在电话那边就羞涩地笑。

没过几天，女人又接到了山柱的电话，山柱在电话里问女人，包谷熟了吗？女人心里甜甜的，更热热的，女人说，刚刚发芽还没出土呢！女人犹豫了一下说，要不，露苗你就回来吧！山柱在那边也犹豫了一下，说，不了，别人都是等包谷熟了才回的，我现在回去要被人笑的。女人说，那就等包谷熟了再回吧！包谷熟了我就给你打电话。

两场细细的春雨洒进了田地后，包谷就露出了稚嫩的细小的身躯。山柱又打电话回来了，女人在电话里欣喜地告诉山柱说，已经露苗了，噌噌长呢！山柱在电话那边很高兴，对女人说，好好侍弄着，等包谷熟了你就给我打电话。女人说，知道了，熟了就给你打电话。

包谷苗长到筷子高的时候，山柱的电话又来了。山柱对女人说，我挣了点钱，等回去时给你扯两身花衣裳，城里女人穿着都可好看了呢。女人说，不要扯，我上哪儿穿去。女人心里甜甜的，感觉很幸福。女人想山柱接下来会问她包谷熟了吗？但山柱这回没问，也没问包谷长多高了。女人的心里就有了一丝失落。

包谷长到半人高的时候，山柱来了电话。山柱这回在电话只说了一句话，山柱说，这城里是真好啊！山柱没说给女人扯衣裳，也没问女人包谷熟了吗。女人忍不住了，说，包谷都长半人高了，快抽穗了。山柱淡淡地回应道，是吗？就撂了电话。女人的心里酸酸的，有一股想哭的感觉。

包谷抽穗了。夏日的雨水和炙热的阳光一次又一次地浇灌和抚摸了田地上的包谷后，秋日也就渐渐地近了，绿绿的包谷已渐渐地染上了丝丝金黄。山柱女人望着就要熟了的包谷，心里又苦又甜。山柱已经很久没有给女人打电话了，女人的心里有些急，女人想告诉山柱，包谷就要熟了。

仿佛一夜间，田地里一片金黄。金黄的包谷在清风的吹拂下发出沙沙的声音，像是在为山柱女人和她一样的女人们唱着赞歌。出外打工的男人们陆陆续续地回来了。包谷熟了。山柱没有回来。女人要给山柱打电话，要告诉山柱包谷熟了。女人才想起自己根本就不知道山柱的电话，每回都是山柱往家打电话的。女人想，包谷熟了，山柱不会不知道的，也许，山柱正在往回走呢。

可是，直到熟了的包谷都收完了，山柱也没回来。女人的心空落落的。

女人这天接到了山柱的电话，是别人替山柱打的电话。女人接了电话后，一点也没犹豫，就把刚刚收回来的金黄的包谷低价卖了，然后揣上卖包谷的钱来到了城里。女人在医院里见到折了一条腿的山柱。山柱不敢直视女人，山柱羞愧地对女人说，我对不住你，我不该碰城里的女人。

女人看着山柱的断腿，突然泪如雨下，呜咽着说道，包谷熟了，你干啥不回去？

山柱就流着泪问，包谷熟了吗？

女人狠劲儿点头不停地说，熟了，熟了，熟了，回吧！

婚　　事

儿子推门进屋，气呼呼的脸色让在家焦急等待消息的老张心中一沉。老张连忙直起身，把向黑暗中沉去的心强拽回来，盯住儿子焦急地问道："咋的，不成？"

儿子看一眼老张，气呼呼的脸孔像是皮球泄了气，味味地瘪成了一张饼子似的，哀叹一声说："倒不是不成，要得太多，我不娶了。"儿子的气话有气无力的。

老张望了一眼站在身边同样紧张的老伴，舒舒地吐出了一口气，说："成就中。你也老大不小了，不把媳妇娶下，我和你妈的心总是不安稳的。"老伴不住地点头，脸上的紧张渐渐滑落，浮上一层喜色说："成就好，成就好，娶媳妇哪有不花钱的呢！女方怎么说的？"

儿子有些不忍地望望爹妈，犹犹豫豫地说道："东西倒没要什么，只是礼钱要得太……多了。"

老张看看老伴，老伴看看老张，俩人都感觉到了对方强烈的心跳。老张稳了一下心跳，问儿子："要多少？"

儿子看看老张，蚊子似的小声说道："四万。"

老张和老伴就倒吸了一口冷气，要知道，四万块钱可是老张和老伴种十年田的总收入啊！老伴哆嗦着嘴说："是……是不少。"

儿子说："我就说多，可她说她们村刚出嫁的一个姑娘礼钱三万八的，她怎么着也得比那个姑娘多一点吧！要不然她父母在村里没面子，她也要被村里人笑话的。"

老张不吱声，手颤抖着卷了一支旱烟吸上。老伴看着吸烟的老张，小声说道："咱就有两万五的呀！差许多呢。"

老张狠狠地吸了几口烟，把烟屁股扔在地上，用力一踩说："中，四万就四万。"

儿子脸色有些红，又说："除了礼钱，还有房子，倒没说要新的。"

老张早有准备地说道："我和你妈早商量好了，把房子让给你们，我们俩住仓房。"儿子眼圈一红，忍不住酸酸地叫了一声："爹……妈……"

老张连忙摆摆手说："快去吧，给人家回个信儿，礼钱这两天就过去，喜事这秋就办了吧。"

儿子脸上就满是喜色，转身快步走了出去。

老伴忧愁地望着老张说道："把房子给他们，咱们住仓房可以，可还差一万五礼钱呢，咱拿什么当啊？"

老张叹声气说："哪有东西当啊！借吧。你回娘家去借，我去亲戚家借，总不能让儿子的婚事黄了吧！"

转眼秋天就到了。儿子婚事办得很热闹。儿媳妇进门时，一脸笑容地冲老张夫妇叫了声爹妈。老张乐得合不拢嘴，老伴乐得眼泪都出来了。

秋天的夜晚，除了飘浮着一股浓浓的成熟的味道，还有着秋风的冷瑟。新房内，儿子小张拥着新婚的媳妇躺在热乎乎的炕上，一脸幸福地望着一脸红晕的媳妇说："高兴吧，你可是咱这地方身价最高的了。"

媳妇嗔怪地轻轻拧了一下小张说："得了便宜还卖乖，这钱还不都是咱们的，有房子有地，还有一大笔存款，你不美啊！"

小张美得一把抱住了媳妇。

仓房里，老张和老伴一人围着一个被卷，像虾米似的蜷缩着。尽管把身体蜷缩得快成一个蛋蛋了，但冰冷还是不断地侵蚀着他们的身体，他们都听得到对方嘴里牙齿打架的声音。尽管很冷，老张和老伴的心里还是喜悦的，老张舒心地吐了一口冷气，高兴地对老伴说："儿子娶媳妇了，咱可算松了一口气。"

老伴在黑暗中微叹了口气，她不想打击老张的高兴，就装出很高兴的笑了两声。

高兴了一会儿，老张用力裹了裹被卷说："睡吧！明天还得去翻地的。咱们再加把劲儿干几年，把借的债还清了，咱好腾出身来哄孙子。"

赵文辉，男，中国作家协会会员，河南省文学院签约作家，迄今已在《北京文学》《长城》《莽原》等刊物发表作品若干，部分被《小说选刊》《中华文学选刊》《北京文学·中篇小说月报》转载。已出版专集7部，曾获第一届河南省文学奖，2009年获冰心儿童图书奖。

赵文辉卷

清 白 如 水

古山西出清官，寇准、刘庸、于成龙……给后人留下几多美谈。却说清朝雍正年间，平遥县出一举人，姓张名菊人，后钦点到河南辉州任知县。在任期间，清正如水，俸禄尽皆周济穷人和学子。妻儿在山西种地，秋麦两季，都要托盐贩把磨好的麦谷捎到辉州来，张菊人不食辉州粮，只饮辉州几瓢水，人称"张白水"。

雍正八年，张菊人任满，朝廷升他到广西任知府。张菊人年事已高，恋家之心顿生，未去赴任。卸任后的张菊人两手空空，连回家的路费也没攒着。县里几个大户听说后给他凑了三百两银子，恭恭敬敬送来。张菊人连连摆手，说："民财岂可贪！"说了半天，就是不收。一大户急了，兜着银子到一口井边，对张菊人说："老爷再推辞，我把银子全倒井里去！"张菊人吃了一惊，叹口气，权且收下。可是才隔一天，就悉数送给了县里几个大儒，儒子们早就想为全县学子建一所书院，资金一直凑不够。这下好了，"百泉书院"终于破土动工，圆了一代学子之梦。

张菊人却到东关一油坊做起了短工。九九八十一天之后，才挣够了回家的盘缠。张菊人用皂角把一袭青衫捶洗又捶洗，青衫穿得太久了，起了皱角，油坊的女主人帮他浆洗了一遍，挺括了许多。张菊人没有别的行囊，只几本书相伴，收拾进褡裢里，准备明日起程。青灯之下，张菊人戴着老花镜，一针一线，把开缝的青衫缝了几处。噗地一口吹灭灯，和衣而卧。过陵川，走长治，要翻不少山哩。张菊人心里说。

次日一大早，张菊人悄悄起床，穿上浆洗过的青衫，背上褡裢，手拄油坊的主人送他的桃木棍。主人说桃木棍一可以避邪，二可以拄着走山路。张菊人轻轻推开大门，出来又回身把大门掩上。当他转过身，一抬头，却愣在那里：台阶上，石墩上，长长的街道上，坐满了人，站满了人。都是城里城外的百姓，听说他要走，天不明就来了，怕打扰他，一个个都缄了口不出声。露水打湿了缙带，风吹歪了瓜皮帽，这时，一声声、一声声深情地唤："老爷——老爷！"

张菊人眼眶霎时潮湿了。他走下台阶，一个个搀扶，一个个执手，口里埋怨："走就走了，还送个啥？"一个白发老者走上来，向张菊人揖礼，然后端上一杯酒："请老爷饮了这杯辞别酒！"张菊人这才看到，街上摆满了筵席，一眼望不到边。张菊人问："这队伍有多长？"老者答："一直到城东五里之外的五龙庙。"又问："这筵席有几桌？"老者再答："人有多长，席有多长。"张菊人立时恼了，将桃木棍扔在地上："毁我一生清白也！"说罢转身进了大院。老者与众人面面相觑，更不敢去烦张菊人。

许久不见张菊人出来，老者率先推门而入，却见张菊人悬于皂角树下，气已绝。老者扑通一声跪下，身后之人一个个都跪下来，膝盖跪击青石板的脆响声一直传到五龙庙。头一声哭声之后，一片呜咽。

老者痛悔：千不该，万不该，摆酒席，搞浪费，坏了张老爷一世清名呀！

张菊人灵柩要运往山西。走的那天，十里无空巷，人人皆穿白，祭奠张菊人的竟是一杯杯素酒：清清白白又略带甘甜的百泉水！若早献一杯素酒，张老爷也不会……悔之晚矣。

老者哭，少年哭，学子哭，农人哭……白日哭过，梦里又见张菊人，不知多少百姓在夜里湿了枕巾。不少人哭肿了双眼，半月不消。过往客商以为辉州流传红眼病，传到朝廷，朝廷派太医下来巡诊，才知道了事情的真相。朝野上下为之震动，皇上亲赐御碑一块，上书四个大字：

清白如水。

羊 肉 烩 面

在豫北，烩面馆比比皆是，很多人家都能自做自吃。可在 20 世纪 80 年代，一个乡下人吃一顿羊肉烩面，却是一件奢侈的事。

那一年，张林在新乡读中专。

秋后，爹从老家打信来，说今年柿子丰收了，家里卖八分钱一斤，问张林新乡的价钱贵不贵。张林一打听，溇好的柿子摆摊可卖到两毛五，便赶紧打信告诉了爹。

过了一个星期，张林正和同学们做课间操，有人喊他说校门口有人找。张林跑去一看，爹笑眯眯地站在那里，还是那件对襟布衫，脚上穿着姐纳的千层底布鞋，肩上搭一条毛巾。张林欢喜地跑过去，问："爹，你咋来的？"

"走来的。"爹朝旁边一指，"我来卖柿子。"

满满一车柿子，红嘟嘟的真好看。车子是老家那种独轮小车，两根车把中间系一根宽布带，搭在肩上省力气。老家到新乡一百五十多里路，张林瞅瞅爹，又瞅瞅满满一车柿子。问爹："走了几天？""夜儿个（昨天）鸡叫头遍打家里出来，山路不好走，天擦黑才到县里；今儿个天不明从县里上路，一直走到这会儿。"

张林心里一阵发烫，忙对爹说："先去宿舍歇歇脚吧！"说罢来到小车旁，扎下马步，把布带朝肩上一搭，两手抓住车把，腿一挺就站了起来。爹在一旁连连摆手，说："使不得，使不得，你这会儿是中专生了，同学瞧见了会笑话你。""你推，他们才笑话我呢！"张林推车就走。

张林一直把车推到宿舍楼跟前，果然招来好多吃惊的目光。

中午和爹去食堂吃饭。爹一身太行老农的装束挺扎眼，又有不少目光投来。有一个同学低声问张林："家里来的老乡？"张林往爹身边靠了靠，声粗气壮地回答："这是俺爹！"这一声，叫得爹心里热乎乎的。

爹住在学校，白天出去卖柿子，中午饭在外面吃。晚上，张林给爹打来洗脚水，问爹："你在街上吃的啥饭？"

"羊肉烩面。"

爹说罢擦擦嘴，一副味道好极的样子。张林笑了笑，心说：味道再好，也不能从中午留到晚上，爹真是没吃过啥好东西。

过一天再问，仍说吃的羊肉烩面。

瞧爹那高兴的样子，显然是很爱吃。

爹卖完柿子要走，给张林留下一叠毛票，叫张林买书瞧："你打小就爱瞧书，咱家难，买不起。你为了借人家书瞧，放罢学去给人家割猪草，礼拜天给人家出猪圈粪，爹听说，心里不知多难受。"说着眼圈红了，"你将来挣了钱，家里一分钱也不要，都留着买书……"

就在这年冬天，爹的肺病犯了，跑过几家医院，说是肺癌，用了不少药，却越来越坏，眼看不行了。张林守护在床前，瞧爹眼中分明有什么话要说，问爹，爹生满皱纹的脸生硬地笑了一下，竟显得有些不好意思："前时……爹去新乡卖柿，头回见羊肉烩面，嘴里都快流口水了。老想吃一碗，老舍不得那几毛钱，天天闻着那香味啃你娘给烙的饼……嘿嘿，快入黄土的人，咋就这么贱，又想起那香味了……"张林紧握住爹的手，泪水吧嗒吧嗒砸在床沿上。

夜里，爹去世了。一想起爹生前竟没能吃上一碗羊肉烩面，张林心里就潮潮的，不是个滋味。

风　筝

　　小艳三岁那年，爹去了。娘几番哭死过去，泪干了，就显得呆痴了许多，紧紧搂着小艳，生怕被人抢去似的。后来大队照顾娘去副业组做工，小艳没人带，送到姥姥家。一有空，娘就跑去逗小艳玩，每次离开，小艳都缠着她不让走。哄了又哄，小艳还像一只小鸭一样在后面摇摇摆摆地撵。也有不撵的时候，一定是小艳跟别人家的小孩玩昏了头，娘喊她也不理会。娘很伤心，对小艳姥姥说："小艳跟我没感情了……"说着说着，泪就挡不住了。

　　后来小艳念书了。娘不放心，正做着针线或是正在地里干着农活儿，一想起小艳，放下家什就往学校去。小艳正上着课，玻璃上便映出娘的脸和一双探询的目光，只一闪就没了。读完小学还要到乡里读初中，娘舍不得她去，不让她再上了。二舅知道后，跑来嚷娘："你想耽误孩儿的前程不是？你是真替她着想还是假替她着想？"娘像做了错事一样，不知道该说什么好。小艳懂娘的心，就偎住娘，小声说："娘，俺不念书了。"娘却信了二舅的话，噙着泪给小艳拆洗了一床干净被子。

　　小艳星期天回来，娘捧着她的脸：念书念瘦了。娘去鸡窝里摸来带着新鲜血丝的鸡蛋，给小艳做荷包蛋。一碗水卧两只鸡蛋，淋上小磨香油和土蜂蜜，小艳吸溜吸溜地吃，隔着热气腾腾的白雾，与娘一双殷殷切切的目光相碰，小艳甜甜地唤一声"娘"，娘笑笑，点点头，仍是那副放心不下的样子。小艳懂事早，读书格外用功，中招考试的时候，小艳被一家中师录取了。

　　娘高兴得请人来村里放了两场电影，村里人见了面都说闺女考上了大学，小艳娘熬得值当。娘回家学给小艳，小艳给娘纠正说不是大学是中师，娘不听，说："啥师不师的，你这个大学生别给娘咬文嚼字。"入学后，小艳给家里写信，说了她怎么到学校，怎么买饭票和同学睡上下铺，第一学期上什么课……家里的信是二舅写的，小艳一看就知道不是娘的原话，二舅把娘说的话都写转了。中秋节小艳打算回家看娘，却让几个同学硬拉着去郑州玩了。没想到二舅寻到学校，给她送来两斤月饼，告诉她："八月十五你没回，你娘想你都想哭了。"听了二舅的话，小艳眼睛潮润了。

第三个寒假回到家，小艳仍像以往一样和娘睡一个被窝。熄了灯，娘儿俩有说不完的话。小艳给娘讲外面的世界，讲完了让娘给她讲故事。娘说："俺有啥故事讲的？""讲小时候的故事呀……"小艳缠着娘给她讲小时候的童谣，娘讲着，她也跟着讲，最后也闹不清谁是讲故事的，谁是听故事的啦。小艳给娘说了实习的事和分配的事，娘的心一下子揪了起来，问："毕业了你去哪儿？""当然往城里去啦，要不争取留校。"小艳说了自己的真实想法，娘却一声不吭背过身睡了。小艳听见一声轻轻的叹息。

第二天醒来，娘在扎火，小艳猛一挨娘的半边枕头，竟全湿了。小艳一下子明白了。吃过饭，小艳跟着娘去西地锄草，故意拣一些学校的趣事讲给娘听，娘却不吭声，弓着身子只管锄草。小艳看见娘不小心锄倒了几堆麦苗，知道娘有心事。

这时，不远处传来一阵雀唤，小艳和娘住了锄，见是几个小孩在放风筝。一只风筝在他们头顶越飞越高，小孩们撒着欢地叫喊，跟着风筝疯跑。小艳和娘也仰头张望那只飘飞的风筝。

"飞得真高啊！"小艳望着风筝说。

"飞飞就飞不回来啦！"娘瞅着小艳说。

小艳一怔，想了想对娘说："飞得再高，也有一根线系着她的心哩……"没说完，小艳忽然禁不住惊喜地指着不远处放风筝的小男孩唤娘："娘，你瞧！"娘望过去，那个小男孩正飞快地往线砣上缠线，风筝被一点点拽回来……娘瞅瞅小男孩手里的线砣，瞅瞅天上的风筝，又瞅瞅小艳，终于笑了。

秋罢给话儿

麦子扬花的一个傍晚，小亮骑着摩托带着小艳进了村头的杨树林，两人耍"摸鱼摸虾"……压倒了一片青草，还差点压住一对缺翅虫，幸亏那对缺翅虫机灵跑得快。

一个月后，小艳和妈去地里点玉黍种，玉黍种装在小艳上学时用过的破书包里，书包吊在脖子上。小艳腮帮子忽然一阵发酸，涌出几口酸水，哇地吐了出来。小艳没在意，点了一会儿玉黍种忽然又一阵发酸。小艳猛然一惊，又一想自己的"好朋友"超过日期十几天了还不来，莫非……她的脸不由火烧般发烫起来，心也咚咚直跳。渐渐地，脸色又黄了，小艳想，要真是那样，让爹知道了，不把腿给她打折才怪呢！她没心再点玉黍种了。

妈发现她在吐，问咋了？小艳谎称看见一条蛇，恶心死了。妈点点头，安抚她："头上带王字的蛇可别招惹它，那是神蛇。"小艳就向妈请假说要回去喝口水，也不管妈同意不同意，背起玉黍铲就蹚着麦浪往地边走。

小艳到县城下了车，直奔县医院，挂了号又直奔妇科。可是到了妇科门口，小艳犹豫了，自己一个闺女家……要是再碰见熟人，那还了得！她鼓了几番勇气还是不行，就垂头丧气地离开了县医院。

小艳进了一家计生用具专卖店，在街上瞎转悠着就瞧见了这家专卖店，玻璃上赫然几个大字：早孕测试。她已别无选择。一进门，小艳红扑扑的脸就立即像熟透的葡萄一样显出了紫色，温度一个劲儿上升，热得能把一张纸点着，她听见自己粗重的呼吸和心脏咚咚的跳动，她的眼睛里汪着一潭温润的液体仿佛一触即溢。店主问她要什么，她指了指玻璃上那几个字。她把那决定她命运的条条多要了几根，付钱的时候，店主又给她推荐一种药，说有劲得很……小艳一怔，店主显然把她当成三陪女了，她夺门而出，店主在后面喊找她钱也不要了。

回到家，按上面的方法一测，果真是那个结果。小艳一时没了主意，给小亮打传呼，小亮回传呼说他正在黑金刚娱乐城打气枪呢……

还是那片杨树林，小亮已先一步到达，正笑吟吟地望着她，开始夸自己刚才的战绩："我的枪法咋恁准哩，一枪中一个气球……"小艳上去啪一下就给了他一耳光，小亮顿觉满眼都是金子，说："你咋打人呢？"小艳不吭声，又飞起一脚踢向小亮，然后蹲在草地上呜呜哭起来。小亮一手捂脸一手揉腿，不知这迎头痛击为了啥。闹了半天才弄明白，赵小亮不信："一回就……比打枪还准？"小艳拿出测试条，要当场测给他看。

小亮爹去提亲。第一回，小艳爹只一句话："五黄六月的，办啥喜事？石狮的屁股——没门儿！"连坐都没让。第二回夹了一条烟去，小艳爹口气还没让步："说不中就不中，六月不娶，五月不嫁，人家还以为我闺女嫁不出去啦？"第三回就到了麦罢，小亮爹一手拎一捆啤酒，小艳爹这回有了点笑脸，说："叫我考虑考虑，秋罢给话儿。"

小艳和小亮在他家里等消息，爹回来一说，小艳就小声埋怨："秋罢给话儿，秋罢给话儿！定日子也得定到冬天，我肚子成啥样儿了？非暴露不可！"小亮怯怯地望着小艳，小声试探问："要不……去医院打掉？"小艳听了浑身一激灵，仿佛真的上了手术台，两手紧紧地攥住了小亮。

两人悄悄去了一家小医院，手术室很小也很脏。医生是一个中年妇女，脸阴阴的，仿佛和他俩有仇似的。把一堆刀剪在燃烧的酒精里消毒，然后戴上胶皮手套。见小艳愣着，就叫小艳上手术床，还问："第一回？"小艳觉得受了污辱，却又不敢发作。小艳疼得忍不住了，一只手死死抓着小亮的手，"哎哟哎哟"地叫唤。医生当啷一声扔下一件铁器，又操起一件送进去，还训小艳："叫唤啥？不是得劲那一会儿了！"小艳吓得再不敢吭声，却把小亮的手抓得生疼。手术后，小亮手上留下一排红殷殷的指甲印。

天黑后，两人回到村里，小亮说："去俺家吃饭吧！"小艳鬓角还冒着湿气，全然没了平日的霸道，很温顺地点点头。

一进家，小亮妈喜滋滋迎上来，告诉他们俩晌午喜鹊儿在咱家叫哩，又给他俩报喜："我去找小艳爹，他正喝着小酒，激我说，你能喝三杯就答应。我一口气喝下五杯，菜都没叨一口……小艳爹放话了，娶亲的日子随咱挑！"

"咋会这样呢？"小艳握着小亮的手，两人好像从战场上下来的伤病员，委屈的泪水吧嗒吧嗒落下来。

篱 笆

女孩每天放学回家，都要抬头望一眼二楼的阳台。

二楼阳台不大，但生机盎然，一盆吊兰从顶棚垂下来，仿佛少女秀发一般飘飘。水泥栅栏上摆满了花草，足有二十几盆，月季、丹顶红、国庆菊、虞美人……该绿的绿了，该红的红了，该笑的笑了，热热闹闹。花草簇拥的阳台上常有捧读的身影，是文静的女主人。也常有古诗佳句从花草间滚落，撞了女孩的梦，那必是男主人在吟诵了。女孩最不能忘记的是那场小雨之后的早晨，"一夜雨声凉到梦，万荷叶上送秋来"，诗句从二楼飘落，女孩倚窗而立，凉意扑面而来，心便如荷花一样绽开了。

男主人是大学讲师，不清高也不迂腐，见了每一位邻居都打招呼。女主人在中学教书，也很热情礼貌，颔首浅笑间，邻居的心里就都是春天了。两口子爱干净，楼道一天打扫一次，打扫必洒清水，怕扬灰扰了邻居。不知是男主人还是女主人，用细铁丝把阳台上的花一一固定了，是担心掉落。不细心也发现不了，但是女孩发现了，心里便有阵阵感动涌过。

男主人和女主人每天晚饭后都要出去散步，回来后，屋里就有低低的笑语飘出来。楼上楼下住的大多是工人，他们都很羡慕这对文化人的生活，都想去他们家里看看有什么不一样。机会终于找到了，那天二楼搬新书柜，邻居们一个个跑来帮忙。他们的屋子和邻居门一样，只是干净，只是书多，只是有一种别人家没有的暗香。女孩的母亲也去了，回屋后说：他们家墙上挂了一个好大好大的"横香扇"。女孩知道母亲说的是檀香扇。其实女孩也很想去搬书柜，却缺乏勇气。

她是一个爱害羞的女孩。

之前二楼的主人是一对不太讨人喜欢的夫妇。女的是个泼妇，楼上楼下吵了个遍；男的是个酒鬼，经常半夜醉醺醺回家，把门踢得如雷响。二楼更换了主人之后，楼上楼下一下子清静下来。慢慢地，清静中居然有音乐产生了，是一种和谐得让人心爽的旋律。渐渐地，邻居们评价一件事时，总喜欢说一句：看人家二楼！有夫妻吵嘴的，男的必把自家女人跟二楼女主人比：你连人家的一半都不如！女的必把自家男人跟二楼男主人比：你连人家三分之一都不及。这么一比，都惭愧了，就不再吵了。这一切女孩全看在眼里。二楼的生活如磁石一般吸引着她，让她经常想多望几眼。

一天，女孩放学早，就在阳台下站了好长时间，心有无限眷恋。后来，她的眼中出现一道美丽的篱笆，缠满了各色好看的小花。女孩闭上眼睛又睁开，篱笆没了，她就无声地笑了。正好母亲下班回来，问她：看什么？

女孩回答：篱笆。女孩的母亲没听清，又问。女孩却不答，蹦跳着进屋去了……

不久，市里举办作文比赛，女孩的《篱笆》获一等奖。同学们围住她祝贺，还说星期天要去她家看邻居家那道篱笆。女孩笑笑，不说话，忽然想起了一句著名的美国谚语：

好篱笆造就好邻居。

女孩想，是不是可以说：好邻居造就好篱笆呢？

滑县乞客

不安门的院子才算真正的庄户人家。没有拒绝和设防，乞客可以一步跨入，径直走到风门外站定，敲响手里的呱嗒板：

呱嗒嗒，呱嗒嗒，老大爷，寻个馍。给我黑馍我不要，给我白馍笑哈哈，笑——哈——哈！

成了，嘴这么甜，一天要半篮子馍没问题了。

也有较恶的乞客，不满施舍者的居高临下，生着法戏弄人家一下。人家给了东西，随便问一声哪儿来的？表面毕恭毕敬，心里却在冷笑，答：

"滑县的大爷。"

这句话，断开是尊称，不断便是让你唤他大爷了。

滑县多盐碱地，粮食收成薄，水淹的时候又多，口粮总不够吃。立了冬，一拨一拨的乞客开过来，在新乡辉县一带挨门讨要。这一带民风淳朴，狗都不咬人，乞客连棍子也不用带，任何一家，都可以长驱直入。只是不要碰上比乞客还穷的人家。

真有，王村赵麦根便是一家。四个儿子，大驴二驴三驴四驴，一个个跟驴一样能吃：一锅馍蒸好了往外揭，揭完最后一个，一回头，揭出来的馍竟全没了；从菜园摘回一篮子黄瓜，准备拌饭吃，不到饭点儿，驴们便咔嚓咔嚓消灭个精光，只好吃淡饭。几个儿子吃得赵麦根两口心惊肉跳。肚子都填不满，更别说穿了。四驴过冬没棉裤，就干脆钻被窝里不出门。穷归穷，赵麦根却是个乐观人，对未来充满了幸福的憧憬：掀三间，盖五间，南屋房后泥黑板。翻盖房子不说，还要把合作社的黑板泥到自己房后。几个儿子一齐笑他：吹牛不脸红。

那一年过年没钱买炮，大小驴一齐撅嘴，扬言不放炮大年初一就不起来磕头！急坏了赵麦根，眼睛猛然一亮，庄严宣布：大年初一保证有炮放，万支鞭！大年三十，风卷雪卷了一夜，一大早，赵麦根就在院里喊几个儿子出来拾炮。大驴二驴三驴兴冲冲穿衣，四驴没棉裤急得在被窝里嗷嗷叫。院里噼里啪啦响起了炮声，隔一会儿还咚一声炸个大雷炮。几个儿子扑出来，却又全晾在了门口。地上连片炮纸都没有，赵麦根抡圆了牲口鞭子朝树上抽，嘴里噼里啪啦喊着，他媳妇在一边敲锅排。几个儿子被耍了，气得要把赵麦根的牲口鞭子剁成碎段。

他们决定去别人家拾炮。一出门，二驴就被绊倒了："这儿躺个人！"三驴也叫："还有一个！"原来是两个乞客，一老一少，母女二人，已经冻昏了。赵麦根从屋里跳出来，把母女二人往屋里抬。又往被窝塞，四驴对炮事耿耿于怀，不腾窝。赵麦根说，你滚一边吧，拎起赤条条的四驴，扔猴子一样扔到了地上。一家人都是菩萨心肠，装热水瓶，熬姜汤，拿出半瓶烧酒给母女俩搓身子，忙得一个个头上冒热气。

乞客醒来，为了报恩，当场让闺女翠玲认给了赵麦根。在赵麦根家住了一整月，临走，翠玲娘说："知道了你家的底细，有一句话我才敢说。"她要把翠玲许给大驴当媳妇。天上掉下个大锛盔！喜得赵麦根双手直颤抖。送走她们，赵麦根又开始吹牛："我说了吧，咱们谁也打不了光棍。敲敲'猪不灿'，大闺女来一院！是不是？"

大驴二十岁那年冬天，从地里出了萝卜，一家人正忙活腌萝卜。一个本家跑得上气不接下气，告诉他们：大驴媳妇来了，在马路口等接呢。一家人听了，半天回不过神来，大驴手中的菜刀当唧一声掉落在地。赵麦根醒悟过来，赶紧跑去给大驴借自行车，又转过头去买鞭炮。四驴嗖嗖爬上树梢，把一挂鞭炮挂上去，又嗖嗖嗖滑下来，和一帮小孩准备闹洞房。这一年，花骨朵似的翠玲做了大驴的媳妇。

大驴娶了翠玲，就像老母鸡下蛋放了引蛋，二驴三驴也都娶上了媳妇。赵麦根两口儿从心底感激翠玲母女，逢人就夸："滑县乞客，说个绿豆就是绿豆！"

柳 暗 花 明

　　菊英下岗之后一直为生计苦恼着。

　　没技术，托不到关系，她硬是找不到一份活儿干。在化肥厂上班的丈夫一月才 200 元工资，养活一家人着实不易。家里一年到头改善不了几顿，偶尔吃一回肉还是猪血脖；洗头没舍得买过洗发膏，用的是洗衣粉；菊英最害怕带儿子经过商场商店，六岁的儿子看见玩具就坠在她腰上不走了，带儿子出来她总是像躲雷区一样绕过那些商场商店。为了这个家，菊英到菜场拾过烂菜帮，到田里头挖过野菜，还到药交会上捡过代表们扔下的空饮料瓶。可是不管日子再苦，菊英没说过苦；日子再穷，菊英没做过一回对不住良心的事。

　　去年秋天，菊英终于找到活儿了。县供销社建了一个城北市场，专门安排下岗职工。菊英东挪西借了 2000 元租了一个菜摊，经营新鲜蔬菜。开业头几天，市场又是广播又是电视，还在县报上了专版报道，引来不少人，着实热闹起来。谁知菜摊太多，只门口几个买卖好，顾客都懒得朝里走，里面的生意淡极了。菊英的菜摊在里面，号是丈夫抓的，见生意不好，丈夫一个劲儿骂自己手臭，说不如剁了的好。菊英笑笑说：我就不信一直这么淡。又过几日，左右几个摊子生意不行，都收摊到家属区做起了流动菜贩。菊英一天只是卖个十块二十块，加上烂菜，根本不赚钱。和丈夫一商量，也准备收摊不干了。菊英想好了，干脆去蹬三轮赚个力气钱。

　　收摊这天，菊英低价处理蔬菜，到下午，菜就不剩多少了。这时，来了一个中年男人，要买西红柿，问啥价钱？菊英说：反正是最后一天了，赔钱卖吧，八毛一斤，人家摊上都卖一块五呢。中年男人买了五斤。称好，付过钱，中年男人对菊英说：西红柿先在你这儿放一会儿，我去里边再买点东西。菊英点点头。谁知一直到收摊，那人也没来。菊英等到只剩下她和管理员，心说这人准是忘了，才拎起五斤西红柿回家。

回家说给丈夫，丈夫说：反正咱也不干了，他丢下就白丢下吧。菊英头一扬，说：那咋行？我明天去市场看看，瞧他来不来？第二天，菊英果真拎了那五斤西红柿去市场，一直等到天黑，中年男人也没来。

第三天，菊英不顾丈夫劝，又去了市场。还是没见那中年男人，可是西红柿却有个别发烂了。丈夫斥她是个呆子，说：你想想自家的日子吧。菊英不吭声，眼里噙满了泪。天快亮时醒来，菊英对丈夫说：人家给了钱没得到东西，我心里不踏实。丈夫骂她神经病，说：人家买菜的早忘了，五斤西红柿值几个钱？菊英说：东西多少，咱咋也不能昧着。吃过早饭，就又去了市场。

等了大半天，终于看见那中年男人大包小包地在市场里转。菊英冲他喊："喂——"中年男人听到喊声走过来，冲她笑：那天我忘了拿西红柿了。菊英也冲他笑：这不，一直给你存着哩。中年男人连说谢谢，拎起西红柿一闻，又放下了，说：都烂了，扔了算了。菊英赶紧打开袋子，可不是，三分之一都烂了。菊英的手下意识地伸进口袋里，立即触到家里唯一的一张票子，她心里不由一紧，那是全家一个星期的伙食费呵。犹豫片刻，她对中年男人说：你等等。然后拎起袋子跑向门口的菜摊，买了一些好西红柿换上，转回来递给中年男人。中年男人不知说啥好，提起西红柿却没急着走，瞅着菊英的空摊，他猛然发现了什么，问：你不干几天了？

三天。

每天都来？

菊英点点头。

来还我这几斤西红柿？

菊英又点点头。中年男人感动了，再问：买卖真的顾不住？菊英告诉他：一天才卖十几块，再烂点菜，本都赔了。说罢冲那男人告辞。中年男人想说谢谢，却没说出口，见菊英快走远了，忽然大喊了句：大妹子，你等等——。菊英回过头。中年男人追上来，对菊英说：你明天重新摆摊吧，我来买你的菜。

菊英苦笑了一下说：谢谢你的好意，光你买几斤菜也解决不了问题。中年男人赶紧问：你一天卖多少钱，菜才能顾住？菊英算了一下，回答：咋说也得卖个二百多块，百分之二十的利润，赚个三四十，交交管理费，折折烂菜，才能顾住生活。中年男人说：中，我一天买你五百块的菜，咋样？菊英一愣，见中年男人认真的样子，不像是开玩笑，就纳闷儿了。中年男人怕她不相信，从身上找出笔和纸，刷刷开了一个菜单，又掏出 500 块钱，一齐塞给菊英，说：这下你该相信了吧？菊英捧着钱，不知所措地望着中年男人。中年男人给她解释，说咱县建了个大铝厂，你听说没？三千多人吃饭，我是食堂的司务长，以后食堂的菜全买你的……菊英明白了，眼泪一下子淌出来，说：我遇见好人了。

中年男人是个心软的人，见不得菊英落泪，就转过身，心说：我才是遇见好人了。

菊英按捺不住自己的喜悦，回家告诉丈夫，丈夫非常惊喜，问：咱不是做梦吧？菊英把 500 元钱拿出来，说：他是铝厂司务长，菜钱都先给了。丈夫一声轻叹：咱真是遇见好人了。这时，家里那台黑白电视正播放点歌节目，头戴耳麦的李娜刚好唱道："……咫尺天涯皆有缘……好人一生平安"。

菊英听着歌，泪水一下子模糊了双眼。

沿 村 小 米

豫北乡下走一走，要不就是黄土丘，要不就是尖山洼，平原总是被村庄阻隔，辽阔不起来。黄土丘蹚过，除了绕脚的灰土和地头几枝狗尾巴花，再没有什么让你注目的地方。"呸，亏你还是吃小米饭长大的！沿村百羊川知道不知道？长贡米的，皇帝，皇帝老儿吃的！"弓身如虾、眼角挂着眵目糊的老人很不满，把轻视豫北乡下的后生训得一溜跟头："大碾萝卜香菜葱，沿村小米进北京！知道不知道？"

百羊川坐落在沿村屁股后面的山坡上，别以为真能容得百只羊撒欢，豫北不好找策马扬鞭的场地，更别说在山上。百羊川才一亩几分地，居然平平坦坦，就像山水画上摁下一枚印章。这可是块好印章：沿村的坡地靠天收，没有机井，山又是个旱山，一秋不下雨，坡上还真的收不了几把米。唯有百羊川旱涝保收，越旱小米还越香！老辈人迷信说，百羊川是神田，其实是这块田占对了山脉，下面一定是一根水脉。因水质特别，加上土是黑红黑红的胶土，长出的谷穗又肥又实，碾出的小米喷香喷香，黏度好，熬出的粥不"利"，不用勾面汁就糊叨叨的。明朝年间，潞王落魄于此，一尝便不再相忘，居然餐餐不离沿村小米。皇帝巡视路过，潞王熬小米粥相待，粥未上，味先到，皇帝大喜。但潞王却因此永远留在了豫北，皇帝说了，这么好吃的小米……朕要不去豫北，他会想起朕来！潞王很懊恼，自此后，年年上贡沿村小米，又修了一座望京楼，天天眺望，以表忠心。这不过是一段野史，无从考证，倒是当年从豫北走出去的那个农业部副部长，因为爱吃沿村小米，要把百羊川的主人提拔成公社书记，却是千真万确。

这主人就是水伯。水伯的祖上就有过要被提拔的经历，说是提一个县令，祖上没去，依然布衣老农，守了下来，就一直守到了水伯这一辈。水伯不稀罕什么公社书记，他只稀罕百羊川的秋天，风吹嫩绿一片簌簌，最后变成满坡金黄沙沙作响。农闲的水伯在屋前屋后囤积草粪，坑是上辈人挖好的，水伯只管把青草、树叶、秸秆一股脑填下去，再压上土，浇上大粪，沤成肥壮肥壮的松软的草粪，一担一担挑上百羊川。要不就是去拾粪，跟在牲口后面，牲口一撅屁股，便抢宝一样撑上去。水伯从祖上接下这个活儿，一直干到了现在。沿村的大人小孩都知道，百羊川的小米一直到今天还这么好吃，都是沾了草粪的光。

水伯家的小米每年秋后都有人开着小车来家里买，买的人多，米少，买主常常为此吵嘴。后来干脆提前下订金，再后来就比价，比来比去，一斤小米比别人家的竟高出几倍。水伯的儿子受人指点把"沿村小米"注了册，进城开起了门市部，兼卖一些土特产。几年之后在城里置了房，又要接水伯去。水伯确实老了，锄头也不听使唤，好几次把谷苗当成稗子锄了起来。儿子要留下来照看百羊川，水伯不放心，进城前一再关照："山后的草肥，多割点沤粪。这几年，村里掀房的多，给人家拿盒烟，说点好话，老屋土咱都要了，秋后翻地撒进去，'老屋的土，地里的虎'，百羊川离不开这些！"千叮咛万嘱咐，水伯才步子蹒跚着离开了沿村。

儿子却不老实在沿村侍弄谷子，三天两头往城里来。水伯很不放心，问："你来了，谁看着百羊川？"儿子说："雇了村里的光棍老面，老面多老实，叫给地上十车粪，保证不会差一锹，老面又是种地的老把式，爹你还有啥不放心的？"水伯信了儿子的话，不再为难儿子。再说腿脚也真不中用了，下个楼都要人搀着。有时想回去看看百羊川，又一想自己的腿脚，也就罢了。

这一天，楼下忽然响起一声吆喝：沿村小米！谁要？

水伯的心一阵痒痒，他知道又是一个冒充者。但他知道这冒充者一定是沿村一带的，他很想去揭穿他，也不让他太难堪。家里没有其他人，水伯就强撑着下了楼，问卖小米的："哪儿的小米？"

"哪儿的？还用问？百羊川的！"

水伯笑了，说："别说瞎话了，我是百羊川的水伯！"几个正买小米的妇女一听，扔下装好的小米走了。卖小米的很恼火，瞪水伯："你百羊川的咋了？还不跟我的小米一个样，都是化肥喂出来的？"水伯还是笑着说："你可不能瞎说，百羊川的小米，没喂过一粒化肥，我还不知道？"卖小米的收拾好东西，推着车往外走："哼，百羊川才一亩几分地能产多少小米，撑死不过一千多斤！你儿子一年卖十几万斤沿村小米，莫非你百羊川能屙小米？把陈小米用碱搓搓，又上色又出味，哄死人不赔命。哼！"

想再问，卖小米的已走远，水伯愣在那里。

……水伯一人搭城乡中巴回到沿村，踉踉跄跄爬上百羊川。正是初冬，翻耕过的百羊川蒙了一层细霜，一小撮一小撮麦苗拱出来。麦垄上横着几只白色化肥袋，阳光一照，泛出刺眼的光，直逼水伯。水伯嗓子里一阵发腥，哇的一口，把一片鲜红喷向了初冬的百羊川。接着扑通一声，倒了下去。这时，除了一只山兔远远地窥视着水伯，初冬的山坡再无半个人影。

百羊川静极了。

一把小红伞

    一把小红伞，撑在一对恋人手中，便会旋转出无限的浪漫；撑在一个孩子手中，就会旋转出无尽的快乐。可是现在它却撑在一个坐在轮椅上的年轻人手中。

    他是谁？为什么每天一手撑着小红伞，一手转着手摇轮椅车，慢慢地，慢慢地从那片家属区经过，风雨无阻。他不时仰头张望，搜寻每一个窗口，希望那个女孩探出身来，对他挥手微笑。但他却一次一次失望，甚至连女孩的身影也没看见过，倒见路人常常对他侧目。进入冬天时，有人议论："不下雨不下雪，打什么伞？一定是个神经病。"人们都躲着他走路，只有熟人见了，才上前打招呼。打招呼最多的是他的中学语文老师，她已退休在家。每次见到他，都要像小时候那样摸摸他的头，眼睛里充满了怜爱。记得初一那年，看了武打片《少林寺》，他就一个人跑到少林寺要出家学武，语文老师听说后，在办公室哭了，她一直很喜欢这个学生。语文老师现在就住在这座楼里，可惜他无法上她家拜访，尽管他知道她不会嫌弃自己。他很想把心中的秘密告诉她，好多次话到嘴边，又咽了回去。他只把写作上取得的成绩告诉她，有时也带给她登有自己作品的报刊。

    "我会像史铁生一样。"他不止一遍在心里对自己说，"还有保尔·柯察金。"从他身边经过的人中，不少穿着奇装异服，头发染成各种颜色，他们是"新新人类"，当然与史铁生、与保尔距离很大。能够和他一起谈论保尔和史铁生，体味共同心情的，唯有那个陌生的女孩，那个给他力量的女孩。

    女孩是去年开始给他写信的。那时，他刚刚因为车祸失去了双腿，他是县长秘书，马上要当局长了，事业正是如日中天，却出现了意外……他失去了生活的勇气，无法面对眼前的现实，于是两次自杀被送进医院抢救。他的恋人——一位副书记的千金——也离他而去。就在这个时候，他收到了女孩写给他的信："我是一个暗恋了你五年之久的女孩，不要问为什么，你不是发表过很多才气横溢的文章吗？你为什么不能像保尔一样与困难作斗争呢？你为什么不能像史铁生一样把人生的沧桑与苦难诉诸于笔端呢……"女孩要求他每天傍晚从她居住的家属区经过，还让他撑一把红色的伞，"撑起生活的希望，我等着你成功的佳音，等着……与你走上圣洁的结婚礼堂。"女孩写到这儿，一定羞涩得脸红了，他想。他终于开始了新的生活。

女孩时刻关注着他的消息，不时写信给他，却迟迟不肯露面。她说："我等着你更大的成功。"等待是美丽的，他更加倍地努力，为实现人生的价值，为深爱他的那个女孩。

深秋的一天，落叶飘零，风有些凉了。经过那片家属区时，再一次与语文老师相遇，她的额际仿佛一夜间增添了很多白发。她在他身边停下来，摸着他的额头，"孩子，让我告诉你一切吧……"语文老师未语已是清泪两行，他心里一惊。"是我的女儿给你写信的。两年前她患了癌症，她对生活却充满了信心与勇气，她说在她人生的短暂时间里，要把最宝贵的东西留下来，听说你的遭遇后，她决定帮助你，让你振作起来……给你写那些信，她都是忍受着巨大的病痛才完成的。她还写了很多诗歌，都是热爱生命和阳光的，厚厚一大本。在她生命的最后时刻，又完成了一首诗，实在不能握笔了，她躺在床上念，我给她记……"

他听着，心灵震撼了，身体剧烈颤抖。一阵秋风刮过，手中的小红伞被吹落在铺满枯叶的地上。他猛地扑过去，跌在地上后又奋力往前爬去。他无声地流着泪，秋风吹得树叶哗哗响，他只一个目标：朝前爬，把小红伞紧紧地、永远地握在手中……

买 手 机

　　村里要进行农网改造，拆旧线换新线，家家户户还要装触电保护器。这是乡里的电工说的，支书文玉听后不由眼睛一亮，问乡里的电工："触电保护器去哪儿买？""愿去哪儿买去哪儿买，不过必须有合格证。"文玉眼睛又是一亮，晚上悄悄把村委会主任小星召到家里，把自己的想法说了。

　　小星听了一拍大腿，说："早该弄个威风威风了。每回去乡里开会，人家那些有手机和传呼的村干部，一进会场就扣耳朵上喂喂个不停，多神气。咱村穷死了，屁也没有，老被人看不起。"说到这儿，文玉想起一件事："那次乡里开会，散了会，人家腰粗的都悄悄拉了副乡长们下馆子了，剩咱几个穷村的干部在乡食堂吃大锅饭，你说脸红不脸红！"小星叹一口气："咱腰里要是别着手机，他敢门缝里瞧人——把咱看扁了？"

　　几天后，小星就在广播里宣布了一项规定：触电保护器一律用红星牌，由村里统一购买，买别的牌子或去别处买，电工不给接线。这条规定一宣布，就有人来村委会问："为啥非要买红星牌，听说上海产的人武牌便宜十来块钱！"小星说："你们问乡里的电工去吧。"乡里的电工正忙着拆线，不耐烦地告诉他们："别的牌子质量不敢保证，要是小孩老人不小心碰了电，只有红星牌能保证一秒钟断电，安全得很。"大家信了电工的话，都买了红星牌。文玉和小星偷偷地乐，电工的话是他俩头天串通好的。

　　小星跑县里联系了一批触电保护器，最后人家给了一千多块钱回扣。小星和文玉喜滋滋地跑电信局买了一只手机，还余点钱，又给小星买了一只传呼机。两人约定：在村里千万不能露。

　　文玉天天充足了电，把手机藏在内衣兜里，只有回到家，才敢掏出来欣赏一番。他也不敢把号码说出去，所以手机从没响过。这天正在街上和人说话，手机忽然响了，文玉吓了一跳，赶紧往厕所跑，还假装捂着肚子。到厕所打开手机，竟是小星的声音。原来这家伙的传呼机也是天天闷着，心里痒得慌，又不敢在村里打电话，就跑县里给文玉打了一个电话，还叫文玉给他打个传呼试试。文玉说："你吓死我了。"就给小星打了一个传呼。刚从厕所出来，手机又响了，吓得他又钻进厕所。还是小星，问他什么事？小星答："我在县城一个电话亭，传呼响了，人家看我，要不回，人家还以为我带个假的哄人呢。"文玉训他："你烧包个啥？弄得我心里怪慌的。"

　　从厕所出来，文玉心里七上八下，对刚才跟他说话的村民说："我闹肚子了，得去弄点药吃吃。"说罢，转身就往家走，那个村民喊他："支书！医院在这边，你走反了。"文玉一愣，赶紧编了个谎："我家有药，回家吃。"说罢，文玉脸就红了，一路做了亏心事一样也不敢跟人说话。匆匆回到家，一进门就把手机锁进了箱底。

　　农网改造结束了，却有两户因交不起电线和触电保护器钱没接上电。一户是特困户老姬，一户是张寡妇。小星来找文玉，有些蔫蔫的，说："张寡妇的小孩夜里做作业都得去别人家——"说到这儿停了，拿眼瞅文玉，瞅得文玉低下头。半天，文玉才抬起头，说："我当支书，是大伙相信我，你这个村委会主任也是大伙投票选出来的……"

　　小星接上话："咱以前可没做过一件对不起大伙的事，这次……咱把那东西退了吧？要不，心里面踏实不下来。"

　　文玉点点头，说："我也是。"

　　两人去电信局，人家说没有这理，但是可以帮助他们贱卖，结果只卖了一半价钱。还差那一半钱，回去文玉把一头猪卖了，小星把存的玉米粜了，凑够那个数，两人挨家挨户去退触电保护器多出的差价，村民问是啥钱？两人支支吾吾，脸热得像被人打了两巴掌。办完这件事，文玉说："咱这是犯了大错误，没脸再干了。"两人就写了辞职报告，一起去乡里。

　　谁知村里一拨人先他俩到了乡政府，拦住他俩，说："犯了错误可以改，我们原谅你俩了。"文玉和小星更是羞愧难当，执意要去辞职。村民们不让，见劝不住他俩，就威胁说："你俩要真不干，大年初一往你俩院门上泼茅粪！"

　　两人互相瞅瞅，叹一口气，只得脸红脖子粗地回去了。

我是你的崇拜者

冬日的一个下午，张清生夹着一股冷气到文印室送材料。

张清生清瘦清瘦，走路含胸，喜欢穿中山装和西装，扣子总是扣得规规矩矩，白片眼镜，书卷气极浓。他一门心思搞文学，在省内外大刊大报接二连三亮相，只是过分痴迷，却荒淡了个人的感情生活。其实喜欢他的女孩不少，人家频送秋波，他却木头疙瘩一样不接，没少让女孩子气得摔枕头。打字员小丁就是一个，这个中师音乐班毕业能歌善舞的女孩阴差阳错和"五笔字型"打起了交道，但她活泼依旧，文印室总有小鸟一样动听的歌唱。聪明又漂亮的小丁暗暗发誓要征服张清生。

张清生对漂亮女孩向来视而不见，今天又是撂下材料就走。小丁叫住了他。张清生双手搓着，不住地跺脚，问小丁有什么事。小丁抿嘴笑不回答，坐到微机前，手指灵巧地敲击键盘，一会儿一张信笺就从电脑里出来了。她交给张清生，说不准在这儿看，把张清生推出了文印室。之后小丁摸着发烫的双颊，心里怦怦直跳。

张清生在楼道里莫名其妙地展开信笺，却是白居易的一首《问刘十九》："绿蚁新醅酒，红泥小火炉。晚来天欲雪，能饮一杯无？"下边一行小字：晚七点在梦园美食城我请客，能否赏脸？张清生突然明白这是怎么一回事了，怪不得小丁的目光那么特别呢。张清生不是一个轻易被打动的人，重新回想小丁生动好看的脸蛋，和一双会说话的眼睛，还有那娇小玲珑的身材，居然从心底生出许多欢喜，因了楼外这浪漫的雪花，因了小丁的这般才气，他——要——去！张清生差点和一个同事撞满怀，同事笑也：啥事这么高兴！

包间里，两人面对面坐着，谁也不说话。小丁望着张清生笑，张清生望着小丁笑。张清生先开了口，问小丁："来点什么？"小丁说："今天说好了我请客，你不要喧宾夺主。"话慢慢多起来，小丁好几次张口，总是不好意思。张清生看出来了，问："这般盛情，怕是醉翁之意不在酒？"小丁笑了，低着头说："我想告诉你我很喜欢文学，特别喜欢你的文章，上中师时，你那篇散文《藤》我曾经抄在笔记本上。喏，我带来了——"张清生接过那本散发着馨香的缎面笔记本，里面夹了不少花片，读着自己亲切的文字，心里很感动。

第二次在这里约会，张清生轻轻握住了小丁一双手。小丁在心底一声欢快的轻嘘："浇水总算看见花了。"

两人很快结了婚。

婚后小丁操持家务，勤快得让张清生根本插不上手，只是对文学不再提起。张清生总认为小丁有才气，是块料子，鼓励她动笔写点东西。小丁咯咯笑着，说："侍候好你就行了，写啥东西呀？"

张清生问："你不是很喜欢文学吗？"

"我只喜欢你的文章，傻子——"小丁咯咯笑得更欢了。

笑过之后，小丁告诉了张清生一个秘密：为追求他，现抄了那篇散文贴在笔记本上，哄他说是上中师时抄约。

张清生一听急了，找出珍藏的那个笔记本，撕了个粉碎，他怒视着小丁："你不可以拿文学来欺骗我！你不可以拿文学来欺骗我！"之后摔门而去。小丁趴在床上哭了。

一直到子夜，张清生还没回来。小丁知道张清生的脾气，望着满地碎纸片，竟如他们的爱情，她失望了。

等张清生回来，小丁已经睡过去了。她苍白的脸颊上竟然挂着一滴清泪，张清生看了心里不由一动，顿生怜惜。忽然发现小丁手臂露在被子外面，一摊殷红……他大惊，热泪刷一下滚出来，抱起小丁就往医院跑。

苏醒过来的小丁和张清生抱头大哭。张清生后悔极了，他现在才明白：爱情之于女人，是多么重要呵。

小 马 叔 叔

　　小马叔叔是个司机，有一张很年轻的脸和一撮很好看的胡子，鼻尖和下巴沾了炭黑，他是从山西拉炭下来经过我们村子的。那一年，我刚学会骑自行车，在连接村子和公路的那条乡间土道上练习，心里痒痒的，一直想上公路威风威风。当我拐上公路时，并不知道自己是在逆行，汽车都躲着我。一辆小四轮拖拉机没有躲我，我被挂翻了，车轮从我左腿上碾过。我听到了骨头碎裂的声音，钻心的疼开始袭击我。那辆小四轮减了速，司机还离座起身回头看了我一眼，然后加大油门跑了。我疼得喊叫起来，汗水和泪水一把一把地往下淌。一辆辆汽车从我身边开过，我向他们求救，司机伸头看一看，又一个个飞也似的去了……我已经坚持不住了。这时，一辆草绿色解放牌汽车在我身边停下，于是我看到了那张年轻的脸。我一下子昏了过去。

　　我被拉到县医院，被抱到外科手术床上，那个司机替我交了手术费，一百四十块钱，那时候钱是很管用的，五分钱就能买一根油条。见我没多大危险，他就悄悄离开了医院。这一切都是医生说的。出院后，爷爷每天带我到路上守候，等那辆草绿色的解放牌汽车，等那个有一撮好看胡子的司机。有不少解放牌汽车让我们拦住，司机却不是他，爷爷说你会不会记错？我让爷爷放心，那张沾满炭黑的脸我一辈子都不会忘记的。我们挨个儿打听，有一个老司机根据我描述的模样猜测：可能是小马吧，他爱帮助别人。我记下车号，等呀等呀，还是没有等来。"小马叔叔，你在哪儿啊？"我在心里喊。

　　我没有放弃，一天天等下去，盼下去。后来老式解放牌汽车渐渐少了，公路上东风、依发大卡车多起来。有一天，我的嘴唇上边也生出一撮密密匝匝的小胡子。再后来，我也成了一名司机。

有一次，经过一个市场门口，见围了一堆人。我把车停到一边，走过去。原来是几个痞子在打一个十二三岁的小孩，一个痞子一脚就把小孩踹一个跟头，又把他拽起来，另一个痞子拿半截砖头照小孩后背就是一击。小孩已经被打晕了，忘了求饶，可他的眼睛却哀哀地望着围观的人群。围观的人谨慎地观看，随时准备跑开，没有人救他。小孩绝望的目光与我的目光相撞，我心里不由一震。于是我上前阻止几个痞子打他。一个痞子拿水果刀在我眼前晃，另一个拿砖头照我头上就是一击。血顺着我的脸颊流下来，我抹了一把血，夺过痞子手中的砖头猛然还击。我吼着，满脸是血，痞子们吓跑了。那个小孩子已经有些痴呆了，一半被吓一半被打。我送他到医院，医生了解情况后，对我说：你别走，我马上向院领导汇报。他们还问我叫什么？我猛然想起了小时候，想起了那张沾满炭黑的脸，"小马……"后来我还是悄悄离开了医院。

几天后，我在电视上见到了那个挨打的小孩。他说他要寻找救命恩人——小马叔叔，他说他已经是第四天在电视上寻找小马叔叔了……看到那小孩脸上缠着绷带泪水直流，我又想起了小时候，想起了那些个在公路边守候的日子，我的眼里也溢满了泪水。去擦脸时照了照镜子，我看见镜子里有一张很年轻的脸，还有一撮好看的小胡子。于是，跑回房间用手指蘸了一点墨水又返回镜子前，在鼻尖和下巴处轻轻点了几下。我一下子欣喜起来。

镜子中的人，不就是我寻找了多年的小马叔叔吗？

打 酱 油

　　秀娟和喜顺是大学同学，毕业时秀娟已经留校，可为了爱情，她还是和喜顺一起来到了这个县城。县教育局分配时只准两人留一个在县城，另一个要到最艰苦的地方。喜顺去了离县城七八十里的尖山洼小学，条件苦不说，还不通车，一个月才能回来一次，家里的事就全丢给了秀娟。

　　一开始不怎么忙，后来有了孩子，可把秀娟给累苦了。两人工资不高，还要给喜顺老家父母寄钱，经济很紧张。秀娟省吃俭用，操持这个家，曾经一连三年没添过新衣裳。秀娟对喜顺的母亲还很孝顺，一次老人来看病，秀娟给老人找医生、抓药熬药，拣可口的饭菜做。晚上又给老人端来洗脚水，老人穿着棉衣裳，笨得弯不下腰，正作难着，秀娟蹲下身，抓起老人的脚就撩水。洗过，又给老人剪了指甲。老人说："我一冬天都没剪过一回指甲……"这一晚，老人幸福地掉了半夜眼泪，枕头都洇湿了。后来，老人说给了喜顺，喜顺握住秀娟的手："让我这辈子咋报答你呀？"

　　那时候，两人感情真是稠得没法说。喜顺住校的日子，无时不在想念秀娟，夜里还经常梦见秀娟在送孩子去幼儿园……有一次，因山洪爆发，断了路，喜顺两个多月没回家，路好后，他便迫不及待回家探望。

　　一进门，看见秀娟，眼里都快冒出火星来了。可他们也不敢表达，五岁半的儿子还在一边呢。儿子先和喜顺亲热一番后，又缠着喜顺给他讲故事。喜顺一边讲故事，一边摸秀娟的手。秀娟的感情也在传递着，她的手在微微抖动。两人都感到时间过得太慢了。秀娟就给儿子一块钱，叫儿子去胡同口那个小卖铺买方便面吃，儿子欢天喜地去了。秀娟和喜顺刚拥到一块，门"嘭嘭嘭"响起来，儿子又回来了。这次喜顺想了个好法，从厨房拿出一只盘子，让儿子去小卖铺打半斤酱油，还鼓励儿子："你一定能完成这个任务！"儿子小大人一样挺了挺胸脯，接了盘子去打酱油。

这次，喜顺和秀娟终于把感情传达完了。这时儿子也回来了。一进门就哭着说："我慢慢走，酱油还是洒了，我没完成爸爸交给的任务！"秀娟一把抱住儿子，又羞又喜地笑了。

后来喜顺改行进了乡政府，从秘书开始，一步一个脚印，副乡长、乡长、书记，再后来居然回城当了县化肥厂的厂长。化肥厂是县里的支柱企业，喜顺的车是全县最好的车，经常出入高级宾馆，人也慢慢变了，后来居然跟厂里一个新分来的女大学生好起来……秀娟起初不相信，直到有一天喜顺提出了离婚，她才知道，以前在电视里看到的故事也在自己的生活中出现了。

已经上大学的儿子知道后，专门请假回来劝爸爸，喜顺却听不进去。儿子说："你要一定和妈妈离婚，我就不认你这个爸！"喜顺铁了心，回答儿子："你不认我，我可认你这个儿子。但这次婚姻革命，我一定进行到底！"话说到这份上，秀娟知道没希望了。

一听说秀娟同意，喜顺好不欢喜，拿了离婚协议书要秀娟签字。秀娟握笔的手抖着，儿子在一边拉她："妈！你别签字……"秀娟狠狠心，还是签下了自己的名字。喜顺收起来，对秀娟说："以后有困难可以找我！"秀娟不吭声，喜顺想走，又觉得不好意思一下子离开。三人都不说话，屋里静极了。

良久，良久，秀娟忽然起身从厨房拿出一只盘子，命令儿子："去打半斤酱油！"儿子不解地望着秀娟，没有动。秀娟大声喝斥儿子："你也不听我的话啦……"见秀娟泪水在眼眶里转圈，儿子赶紧接住盘子去打酱油。

喜顺在一旁愣了！那只盘子像一只小锤一样，照他的灵魂猛敲一下。一堆堆往事浮上心头……他像被人打了几巴掌一样脸红发热起来，头垂了下来。

儿子再从外面进来，看见喜顺正用打火机烧一张纸片。

拿只鸡蛋去换盐

　　三哥当年插队的房东大爷捎信来想见见三哥。三哥迫不及待地要去，三嫂也要去。三哥脾气好，在家里每天不是蒸馍就是做饭，人称"模范丈夫"，啥事都顺着三嫂，可今天却好像不大情愿。偏偏那天三嫂厂里加班，急得三嫂来回转圈，最后把我拽出来，要我跟三哥去。三嫂用手指头戳一下三哥的脑门："你可自由了吧！"三哥转过身，我发现他脸上闪过一丝轻轻的笑。

　　坐公共汽车到县城，又坐奔马三轮车一路颠簸到了三哥插队的小镇。我问三哥用不用打听一下房东大爷住在哪里？三哥一撇嘴，自信地说："我闭着眼都能摸到。"又说要给房东大爷买些礼品。我一指路两旁的水果食品摊，三哥却摇摇头，说去供销社买，供销社没有假货。一问，供销社还要走一段背路，我不同意。三哥拿出当哥的口气："你大还是我大，咱俩谁听谁的？"我哼一声，只好随他去了。

　　三哥一进供销社，身子就挺直了许多，还以手作梳子整理了几下头发。三哥好用鼻子吸了几下说："我好久没闻到供销社这种气味了，一闻我就想起了当知青的日子。"三哥说着走近了布匹组，一个留短发的中年妇女见有顾客，忙站起来打招呼："买点啥？"未答话，三哥的脸却刷一下红了，像个初恋的小伙子一样局促地站在那里。

　　中年妇女的眼睛猛然一亮，"你——"两人显然认识。正要搭话，一个七八岁的小男孩跑进来，缠着中年妇女给他买变形金刚。三哥问："你的孩子？"中年妇女点点头，说："这是小的，大的是个妞……"这时，小男孩秤砣一样坠在中年妇女腰上不下来，声言不给他买，下午就不上学。中年妇女打他一巴掌让他下来，三哥赶紧掏出一张票子往柜台里面递，给小男孩。中年妇女不让接，用手去挡，两人推来推去手就碰到一块，都不好意思起来。这时，三哥见我在一旁呆看，就吩咐我："带小孩去买玩具"。我领着小男孩出去，问他叫啥名字，小男孩挺能说："我叫刚刚，妈妈叫郭红艳，爸爸……"

下午我们回去，坐在车上，三哥双眼里有关不住的喜气，问我："想不想听故事？"我说你讲吧。三哥说给你讲一个鸡蛋换盐的故事："当年我们知青点有一个知青养了几只鸡，有一回拿鸡蛋去供销社换盐。营业员是一个又漂亮又健康的姑娘，爱笑，一笑显出两只酒窝，还梳了两根又长又粗的辫子，拖到了膝盖上，一转身像两条小蛇一样摆来摆去。知青喜欢上了姑娘，为了多接触姑娘，小鸡下的蛋一个也舍不得吃，全拿去换盐。换的盐吃不了，就送了别人。两人接触多了，有了感情。他们表达感情的方式也就两种：写信最多，偶尔也在换盐时手和手悄悄碰一下，心里跟过电一样。返城时，两人已经发展得谁也离不开谁了。知青发誓历经千难万险也要把姑娘带回城里，两人写了决心书：下定决心，坚决结婚，排除万难，把户口办完……"我已经听入迷了，问："后来呢？"三哥口气一下子沉下来，"当时往城里办户口比登天还难。知青又要把自己办好的户口办回来，姑娘怕耽误知青的前途，见劝又劝不住，就匆匆跟供销社一个职工结了婚。她把辫子剪下来，寄到了城里。"讲到这里，三哥眼里的泪花一闪一闪。

回到家，三哥像换了个人，干什么都带着笑，时不时还哼几句歌：村里有个姑娘叫小芳……三嫂把我拉到一边，让我汇报一下去看望房东大爷的全部过程。我讲房东大爷如何热情，又讲了去供销社买东西，还讲了拿只鸡蛋去换盐的故事。

三嫂脸色越来越不对劲儿，我还没讲完，她就把一只水杯摔了，一字一顿地叫出一个名字："郭——大——辫——子！"那口气简直比山西老陈醋还要酸上几分。结果和三哥大闹一场回了娘家。我和母亲去叫她，她发誓要和三哥离婚，还写了决心书让捎给三哥："下定决心，坚决离婚，排除万难，把小孩带完。"三哥听了一点也不在乎，平静地说："她就这德性，过几天就好。"

没几天，两人果真和好了，好像还比以前更亲密了。

小兵摆大炮

　　闺女今年上完大学，却高低找不到工作，就在家一个劲儿怄文玉，说文玉没成色，子女也跟着受洋罪。文玉没法，决定去县里找小狗帮忙。先问几个邻家："会不会中？"邻家都说："中，你俩小时候好得恨不得穿一条裤。"文玉又问："可人家现在是县长，我是个撸锄桨的平头百姓。"邻居们不以为然："县长咋啦？秤还有个高低，人能没个远近？"这一鼓动，文玉来了精神，说："可不是，小时候斗小兵摆大炮，我还让过他俩子儿呢……"然后就劲道道地去了。

　　到了县政府，门岗把文玉当成上访的老农不让进。文玉如此这般一说，门岗又挂电话核实了一下，就放了行，还给他指路："往右拐，二楼，都是副县长办公室，第二个门是朱县长。"

　　小狗在小床一般大的办公桌后面坐着，大背头，西装领带。文玉一看，心说真像个大官，自己不由矮了半截。小狗却上来拽住他的手，亲热得不得了，文玉越发紧张了。小狗把他让进沙发，递上一支烟，文玉赶紧摆手，说："不会！"小狗又倒了一杯茶，文玉还是摆手："不会！"小狗一下笑了，说文玉："见了我这个芝麻官，你就紧张得不会喝茶了，要是见了市长省长，你怕是吃饭都不会了？你紧张个啥，当官不当官，我还不是能和你斗'小兵摆大炮'的那个小狗？"一提"小兵摆大炮"，文玉放松了不少。这时小狗回忆说："那时你个儿大，老欺我，不让我用小兵。"文玉说："用小兵准赢。"小狗又说："咱们没少干架，打得鼻青脸肿各奔东西，我老是发誓再不跟你耍了，可第二天咱俩又黏到一块了。"文玉心说：今儿就是冲咱俩小时候那点黏糊劲儿才来找你的——

于是就把来意说了。小狗听了一口应下，说你的闺女就是我的闺女，让文玉好感激。

一说二说，就到了中午。小狗说要和文玉喝两口，文玉赶紧摆手：你忙你的事，别管我。小狗笑："那会中？走，我请客——"拉起文玉就走。到了大院，见了人，小狗就介绍文玉："这是我小时候的哥们儿——"大家都冲文玉伸出手，文玉心里一热一热的。司机送他们到小狗家胡同口，往里还有一段路，小狗却让司机回去了。

胡同口一堆人围着一个棋摊，见小狗过来都打招呼，小狗和他们亲热地搂肩拍臀，还一支一支让烟。见是"红塔山"，邻人就夺了去，说县长的烟是公烟，不吸白不吸。小狗也凑了过去看下棋，跟着喊"将、将"。再后来就拉着文玉回家了。文玉责备小狗："你和他们太随便，不像个县长……"小狗反问："县长该是个啥样？"文玉答不上来，嗫嚅道："反正不是这个样。"

中午吃的捞面条。四碟小菜，一瓶白酒。收了碗，小狗非要和文玉斗一盘，用粉笔在地板上竖九下横九下画出一副"棋盘"，找来一堆黑豆当"小兵"，然后捏着俩核桃当大炮，问文玉："你要大炮还是要小兵？"两人席地而战。

文玉的紧张劲儿早没了，心说小狗还是小时候的小狗。他本来给小狗带了一个红包，却不敢露了。临分手，文玉又提闺女的事。小狗说你回去等信儿吧，我联系好了单位就通知你。

一回村，文玉逢人就夸小狗：当了大官，一点架都没有。又说：这官还得往上升哩。还说了小狗在胡同口看下棋和自己斗小兵摆大炮的事，村人都啧啧：小狗是个好官。

等了两个星期，不见信儿，家人就催文玉再去找小狗问问。到县城已经晌午了，文玉直奔小狗家。在胡同口又看见小狗在观棋，文玉心想：小狗不光爱斗小兵摆大炮，还是个棋迷呢。

这回办成了事，文玉心里美滋滋的好受。却又挂念起一件事，不知该咋感激小狗。

后来还真逮住一个机会，"十月一"小狗回家给母亲上坟，文玉宰了一只羔羊焖了一地锅小米，准备好好招待小狗。小狗一到村口就下了车，见人都打招呼递烟。到村十字口一堆人在下棋，拉住小狗非让他将两盘。小狗连说不会，递了烟往文玉家去。村人恼了，冲他的背影骂：能天天看城里人下棋就不和咱下，还是看不起咱，呸！

传到文玉耳朵，文玉也不解，就问小狗。小狗说我真不会下棋呀，这还能诓你？"那你为啥回回在胡同口……"文玉问了半句突然停了，对小狗说——

"明白了，我明白了。"

有　病

　　小魏读报纸读到一篇生活散文，题目叫《真想病一回》。小魏盯着那个题目，悄悄望望埋头工作的同事，脸一下子红了。

　　小魏是从基层选拔来的，他有写材料的专长。调来不久，局里一连出了两个病号，小魏感触极大。第一个病号是人事科长，血压差点"攀登上珠穆朗玛峰"，住院了。局长听说后带领领导班子去医院探望，这是代表单位的。接着业务科一行几人抱着白糖、水果去了，再接着财务科、统计科、工业科……这全是个人凑份买的东西。第二个病号是出纳员王菲菲，义务栽树扭伤了纤纤细腰，在家休养。照例先是领导班子，接着几个科室。办公室小胡在乡下奔小康，听说了急匆匆赶回来，单独行动了一次。王菲菲家在城郊，大家全是坐车去的，大包小包从车上抱下来，邻居都站在远处啧啧，好不风光！小魏也去了，心说：一个人有病全机关都来看望，局里的同志真好！小魏很羡慕那份风光……今天，他的心思无意间让这篇文章说破了，就不好意思起来，好在同事也没注意。

　　谁知没几天小魏真的病了。发高烧，顽固性扁桃体炎，扎了几瓶液才稳住炎症。妻子打电话给他请过假，却发现病中的小魏双眼烁烁，很亢奋的样子。小魏见妻子放下电话，就指挥她：把家里的卫生搞一搞，同事们可能要来看我。妻子明白了，里间外间打扫一遍。小魏又指挥：买些糖果瓜子，同事们来了不能干坐着。东西买来，小魏继续安排：再买一瓶空气清新剂，要桂花香型的，把阳台上的花也搬进一盆来。妻子一一照办了。桂花香飘满居室时，小魏满意地笑了。

次日，局长没来，同事也没来。

过一天，仍没人来。

第三天，楼下一阵汽车喇叭响，小魏赶紧吩咐妻子摆上糖果香烟。等了好一会儿，却不见人来，原来是一楼的客人。

第四天，楼道一阵脚步声，听着不像一两个人，小魏一激灵坐起来。脚步声却一直上楼去了。

门，还是被人叩响了。是人事科的小赵，小魏初中的同学。未等小赵放下水果，小魏迫不及待地问："这几日机关很忙？"

"老样子，不忙。"

"请假的人很多？"

"不多。"

小魏不往下问了。小赵看懂了他的意思，告诉他："你想问为啥没人来吧？你别比人家人事科长，人家管着调动调资……咱一个小兵，谁放在心上？"

"那王菲菲呢？"

"人家丈夫在组织部干部调配科当科长，连局长都高看她两眼呢。"小赵说完又宽慰小魏："现在的人，哪个不是眼皮朝上长呀？"小魏听了，什么也没说。

过几天小魏病好了，精神却蔫蔫的。

不久后小魏又病了。那天妻子拿起电话给他请假，刚拨通电话："喂——"小魏忽然抓过电话，"啪"一声挂了，吓了妻子一跳。停了停，小魏才重新拨通了机关的电话："喂，科长吗，我爱人病了，我陪她上医院……"

说过之后，小魏愣了。妻子也愣在那里。

妻子见小魏眼睛红红的，就没有怪他。

抢　　种

　　秋雨过后，天"嗷"地一下晴了，地皮开始发干，犁能下地了。农人开始忙活起来，翻耕、撒肥、播种、括地垄，一刻也不敢停息，听天气预报说，过几天还有雨，并且是连阴，要是这几天播不进种子，一耽误可就是十天半月。种播迟了，出苗晚，遇见冷冬，明年收成十有八九要受影响。庄稼可是农民的命根子呀！这一情况让市里分管农业的副市长下乡了解到，大惊，急忙赶回市里，让秘书连夜起草了一个《关于在全市农村开展抢种的紧急通知》，第二天就召集下面八个县分管农业的副县长，作了详细布置。

　　农情即战情。副县长们上午开完会，下午回去就让秘书依照市里的文件重新起草文件：《关于在全县开展抢种的紧急通知》。通知明天来开抢种紧急会，为了表示重视，要求各乡必须由乡长亲自参加。次日乡长们领了文件，得了会议精神，马不停蹄赶回去，叫办公室起草文件：《关于在全乡开展抢种的紧急通知》，通知各村明天来开会，支书和村长都得来，有事需跟乡长请假才行。第二天支书村长们到齐，相互打听，啥会这么重要？是不是要换届了？会议一开始，文件一到手，支书村长们齐"嗨"一声。他们搓搓手上的泥，掸掸裤腿上的土，耐着性子听乡长传达精神，又一二三四五作安排。一晃就到了中午。上午还明晃晃的太阳现在却钻得无影无踪，天又阴了？支书村长们的心也阴得要命：家里正等着他们去抢种呢。散了会，乡长宣布食堂有饭，支书村长们一个比一个急着往回赶，哪个还有心情吃饭？走到半路，雨点噼里啪啦砸下来。

　　半个月后，副市长下乡巡视农情，见耕种基本结束，光溜溜的田野上几乎不见人影，他对秘书说：亏了及时开会布置呵。偶见几处还在播种，副市长就笑着说：这一定是那些特懒特懒的庄稼汉。停车随便问问，竟是村干部。再问原因，村干部就埋怨：都怨上头开啥抢种紧急会，误了我们播种，本来打个电话就中了，硬是开了一大晌。村干部不认识市长，埋怨完又说：种了一辈子地，哪个不晓得抢种？上头又发文件又下精神，真是神经！

　　副市长讨了个没趣，赶紧走了。

断 槐

县政府大院有一株槐树，好多年了，据说是唐朝时栽的。有关部门还在周围砌了一圈砖墙，作为省级文物保护了起来。

县长赵大成每天来上班，从轿车里伸出腿，第一眼瞅见的就是这株槐树。他赞叹这株槐树的顽强，经历了那么多年却仍然枝繁叶茂，绿荫可人。有时他就想：自己不也是一棵槐树吗？竞争县长时，对手在他家门栓上绑了炸药威胁他，他竟拎着炸药上了人大会。当了县长，却又有人写匿名信告他，还在县政府门口贴他的大字报。后来县里主要支柱企业纺纱厂突遇火灾，当年的财政收入减少了一半……多了，太多了，人为的，自然的，一起起，一件件，数也数不清。赵大成却没有被吓倒击倒，都挺了过来，有时想一想，他都为自己当时的险境捏一把汗。谁能说他赵大成不是一个强人！一如这株唐槐，摧不倒啊。

这天夜里忽起大风，呜呜呜刮得院子里饮料筒小板凳来回走动。后来电也停了，肯定是电线让风刮断了。一直到五更天，风才渐渐息了。

第二天赵大成来上班，见槐树那圈砖墙外又围了一圈人。赵大成走过去，众人赶紧让开。赵大成走近一看，傻了：槐树竟然折了，枝丫拖着，那截断头歪在砖墙上还磕碎了几块砖。这时赵大成看见政协的蔡科长正盯着自己，仿佛有话要说。赵大成冲他招招手，就往办公室去。

蔡科长跟了进来，还回头掩上了门。赵大成扔给蔡科长一支烟，问："看出了啥门道？"

蔡科长钻研《易经》多年，是本县易经学会会长，肚子里有些东西，每逢换届县里不少干部都要请他看看。这时蔡科长欲言又止，拿眼瞅着赵大成："赵县长……"

赵大成急了，斥他："有话快说！"

蔡科长小心翼翼地说："平时我观您的卦相，与这棵槐树极相似，刚正不阿，前程无量，谁知却遭此大难，风吹腰折——"

赵大成一听，脸霎时白了。难道这棵槐树就是自己吗？自己的仕途中埋藏着怎样的凶险呢？或是自己的身体，要不有横祸飞来？他越想越怕，身子不由打了个冷战。蔡科长什么时候走了，他也不知道。秘书来通知他去开会，说人都在大礼堂等着呢，他却六神无主，摆摆手，让秘书通知主管副县长主持会议吧。赵大成的身子一个劲儿发冷，后来硬是坚持不住了，就让司机送他回家。

一进家门，他就倒在床上。

县长病了，这一病竟是半月未出门。

县里的名医都来了，却查不出啥病。赵大成就是无神，身子发冷，睡觉说梦话，厌食。吃了不少好药，根本不见效。县医院几位名医会诊了一下，决定给赵大成做个全面检查。还对赵大成说：县医院刚花 300 万进了一套 CT 机器，啥病都能查出来……去检查那天，赵大成哆嗦着高低不进 CT 室，一家人好说歹说才把他搀进去，赵大成竟紧张得昏了过去。

这事传出去，就成了县里的笑柄。适逢人大会召开，赵大成的形象因此大大受损，被选了下来，换届落选了。

新县长原是县里分管工业的副县长，上任当天晚上，就把蔡科长召到自己家里，夸蔡科长这一箭射得准，并说过一段就让蔡科长到某局任局长。蔡科长便低低地笑，半出声半不出声，笑得新县长身上直抽冷子。